Für uns alle...

Besonders aber für Papa
und für mich.

Inhalt

Mishi Mitsue Kono

Geheimes Tagebuch
Unsere Lehre des Lebens

Impressum
Copyright © Hambug 2001, Mishi Mitsue Kono
Alle Rechte vorbehalten.
ISBN 3-8311-3043-4
Covergestaltung: Grafik & Designbüro Thomas Börnchen
Titelgestaltung: MakotoArt, Mishi Mitsue Kono
Herstellung: Books On Demand GmbH, Germany

Vorwort

Ich möchte die Gelegenheit nutzen, in diesem Vorwort nicht nur etwas über das Buch, sondern auch etwas über die Autorin und meine Begegnung mit ihr weiterzugeben.

Meine erste Begegnung war an einem kalten Wintertag im Januar 1996. An diese Begegnung konnte sich die Autorin selbst später nur vage erinnern. Für mich ist es ein Zeichen gewesen, dass wir uns schon nach kurzer Zeit wieder begegneten, wenn auch ziemlich unspektakulär. Wir trafen uns früh morgens im Flugzeug. Beide noch sehr müde. Erst mit der Zeit wurde mir bewusst, wie dankbar ich bin, diesen Menschen kennengelernt zu haben. Und wir lernen uns eigentlich tagtäglich und immer wieder aufs Neue kennen. Es ist kein oberflächliches Kennenlernen, sondern geht sehr in die Tiefe.

M.M. Kono hat meine eigene Einstellung zum Leben verändert. Durch ihre einmalige Art, Dinge in Worte zu fassen und ihren Gesprächspartner damit zu berühren und ihn zu öffnen, wird sie zu einem kleinen einzigartigen Wunder. M.M.Kono ist ansonsten sehr irdisch, eine optimistische und lebenslustige junge Frau. Sie ist Eurasierin (Buddhistin) und lebt mit den Philosophien ihrer asiatischen Vorfahren. Dabei wurde sie sehr von der Lebensweise ihres Vaters (japanischer Karategroßmeister) geprägt. Als „Mischling" zweier Kulturen verbindet sie ihr gegensätzliches Gut, und dieses findet sich auch in ihrer Lebensart und in ihren Ansichten wieder.

Für M.M.Kono war und ist es immer einer ihrer tiefsten Wünsche gewesen, ein Buch zu schreiben. Sie zeigte mir damals ihre Arbeiten, gedichtete Kurzgeschichten und Texte. Nachdem ich sie gelesen hatte, war für mich klar, dass dieses Buch geschrieben werden muss, damit auch alle anderen Menschen diese Dinge lesen dürfen.

Sie schreibt direkt aus dem Herzen, mag dieses auch für manche nicht unbedingt einer so genannten „literarischen Qualität" entsprechen. Sie benutzt die deutsche Sprache auf ihre *eigene* Art, die nicht immer der Norm oder vielleicht „richtigen" deutschen Ausdrucksweise entsprechen mag. Meiner Meinung nach macht das auch nichts, denn *ihre Art* ist es, die das Tor zu meinem Verständnis öffnet und mich berührt. Es war ihr Wunsch, etwas zu *geben*, zu schreiben, was *jedem* oder zumindest vielen verständlich oder zugänglich ist.

Manchmal denke ich, sie folgt einem Befehl, der sie schreiben lässt. Das, was sie schreibt, ist schön und stark an Gefühlen und Leben. Man wird derartig berührt, dass man nicht aufhören kann zu lesen.

In dem, was sie schreibt, kann man sich selbst wieder finden und man hat die Möglichkeit, die von ihr angebotene Hilfestellung anzunehmen. Sie hat die ganz natürliche Begabung, Menschen den eigenen Spiegel vorzuhalten und sie mit ihrer eigenen Gedankenwelt zu konfrontieren. In unserer heutigen Zeit ein sehr wertvolles Geschenk.

Das Buch *Geheimes Tagebuch* ist für mich einer der schönsten kleinen „Lebenshelfer" und immer an meiner Seite.

Corinna Schnürer
Hamburg, September 2001

Geheimes Tagebuch

Das schreib ich ohne Tinte.
Es sind die Zeilen, die meine Seele schrieb,
mir das Leben gibt,
die keiner zu erkennen weiß,
wenn er nur von außen
mein Gesicht beschreibt.

Nur Gott und ich,
wir wissen um mein Licht
an dunklen Tagen,
und er beantwortete mir meine Fragen.

Es sind die Zeilen,
die Geschichten, die zwischen
den gezogenen Linien verweilen.
Auf ewig, wie eine alte Predigt.

Sie erzählen von dem düsteren,
schwachen Mann,
der seine Wut und Angst
- und die war hart -
mit einem kalten Schlag
auf mich fallen ließ.

Und eine Mutter,
die ihre Augen und Sinne
vor dem Tod ihrer Tochter verschließt.

Aber ich stand auf,
nutze meine Stimme ganz laut
für mein Geheimes Tagebuch,
das geschrieben werden wollte
und immer wieder neuen Mut erzeugte.

Es erzählt von der Armseligkeit,
die körperliche Würde und Freiheit
nicht zu schätzen weiß
und meine Hülle zerrissen
mich nackt auf dem Boden zerschlissen
hinterließ.

In durchsichtiger Schrift steht da geschrieben,
auf der Suche nach Liebe,
die Begegnung der Falschen.
Die dunklen Diebe,
die einen beschatten
und nach Herzensgüte gaffen,
um sich selbst zu erwärmen,
gierig nach deiner Reinheit raffen.

Aber ich stand auf
nutze meine Stimme ganz laut
für mein Geheimes Tagebuch,
das geschrieben werden wollte
und immer wieder neuen Mut erzeugte.

In anderen Zeiten
streunte ich umher.
In unendlichen Weiten
suchte ich das Meer.

Aber alles, was ich fand,
war der Irrtum,
der aus meinem äußeren Blick entstand.

Ich fiel hin
und verstand keinen Sinn,
in dem, was ich beging.

Aber ich stand auf
nutze meine Stimme ganz laut
für mein Geheimes Tagebuch,
das geschrieben werden wollte
und immer wieder neuen Mut erzeugte.

Gestoßen in andere Abgründe
betrat ich mein inneres Gewinde,
öffnete Türen in meine
noch fremden Räume,
traf auf meine alten Träume,
erbaute mir mein eigenes Zelt,
brachte einen Sohn zur Welt.

Und wie von Geisterhand
begegnete ich, aus einem fernen Land,
einem, der es verstand
meinen Geist zu erwecken,
meine Sinne mit Wahrheit zu bedecken.

Ich breitete mich aus,
fand in seinem Wesen mein neues Haus.

Dann holte ihn die Ewigkeit
und ließ mich allein.

In einem Meer aus Tränen
verlor ich mich selbst.
Viel zu jung, um zu verstehen
oder den Schmerz in Worte zu legen.

Aber ich stand auf
nutze meine Stimme ganz laut
für mein Geheimes Tagebuch,
das geschrieben werden wollte
und immer wieder neuen Mut erzeugte.

Ich lernte meine Würde zu nutzen
und zu achten.
Ließ die Leute sehen,
was sie betrachten,
behielt alles Innere für mich,
wurde stärker und stärker
durch heiliges Licht.

Begab mich auf die Wege
meines Helden,
erkundete seine inneren Welten
und erhielt eine leichte Ahnung,
wo man den Schlüssel
zur Weisheit finden kann.

Er war ein großer Mann
in meinem Leben.
Empfand ihn, wie einen Segen.

Wollte gerade die Stufen hinauf,
erfüllt von kindlicher Leichtigkeit
und Übermut,

aber tiefem Respekt bereit
meinen Dank
vor ihm nieder zu legen,
da mußte er schon gehen.

Mit einem reichen Erbe gesegnet
hinterließ er mich
mit meinem Leben.

Die Schritte zum Altar
waren kaum zu tragen.
Ich kniete nieder,
der Schmerz durchstach mich,
wie die Schwerter tausend Krieger.

Aber ich stand auf
nutze meine Stimme ganz laut
für mein Geheimes Tagebuch,
das geschrieben werden wollte
und immer wieder neuen Mut erzeugte.

So oft erkannte ich Gesichter
geprägt von zwiespältiger Fassade,
in eisiger Verfassung,
wie eine Scharade,
die es zu erraten galt.

Im Zeitraffer kam die Erkenntnis.
Irrtümer sind schmerzlich,
aber auch vergänglich.

Wie die Wiege,
die nur vorgetäuscht war,

als Mittel zum Zweck,
um mein Vertrauen einzubetten -
behutsam, um es nicht mit der Wahrheit
zu erschrecken.

Aber ich stand auf
nutze meine Stimme ganz laut
für mein Geheimes Tagebuch,
das geschrieben werden wollte
und immer wieder neuen Mut erzeugte.

So dachten wohl manche,
die mir begegneten,
mich nicht wirklich segneten,
sie könnten mich zu Falle bringen.

Aber nichts auf dieser Welt
und in diesem Leben
könnte mich bezwingen.

Es ist der Preis.
Mein Geheimes Tagebuch.
Und ich weiß,
dass ich ihn nur mit Liebe
zahlen kann.

Denn sie ist es,
die mich wärmt und lachen lässt,
die mich mit ihrer Kraft nie verlässt.

Ein Geheimes Tagebuch ist wichtig,
unser Ego eher nichtig.
Und manche Leiden sind richtig.

Sie sind die Saat
für ein aufrichtiges Dasein.

Und wer vermag
sich nicht danach zu sehnen,
die Fülle der Lebendigkeit
mit allen verbundenen Tränen
zu überstehen, in sich aufzunehmen,
um dann wie Phönix aus der Asche
emporzusteigen.

Sich den Herausforderungen
mit Gelassenheit gegenüber
ebenbürtig und würdevoll zu verneigen.

Ein Geheimes Tagebuch
ist tiefes Wissen,
gesammelt beim Aufbruch
und der Wiederkehr
von Reisen.

Sie sind Erinnerungsstücke,
die uns wacher werden lassen,
die uns zart umkreisen,
wenn wir einen nächsten Schritt bedenken,
die Antwort nicht in Logik finden.

Dann spüren wir die innere Macht,
sie weist uns sacht
auf unsere erworbenen Kenntnisse hin.

Und all das,
steckt im Geheimen Tagebuch drin.

Es macht keinen Sinn
nur nach dem Leichten zu streben.

Ich weiß, man ist in manchen Zeiten
von Angst umgeben,
aber das ist nur eine Falle,
wie damals im Garten,
mit der Schlange.
Ein Weg der Schwere
mag enden in erfüllter Würde.

Es ist das einzig Wahre,
denn bei jeder besiegten Hürde
werden wir in der Lage sein,
Gottes Licht in uns zu vereinen.

Seid mit Euren Geschichten im Reinen.
Sie gehören nur Euch.
Keiner wird sie Euch stehlen.

Aber im Leben
dürfen tiefe und wahre Geschichten
nicht fehlen.

Kaum einer wird sie beim Anblick
Eures Gesichtes erkennen.

Denn die meisten verbrennen
mit ihrem äußeren Blick
alles Wahre und Tiefe,
betrachten nicht mit ihren Herzen.

Sie haben Angst vor den Schmerzen,

die Ihr bereits überwunden habt,
und aus denen Ihr neue Kraft
in den Sonnenaufgang tragt.

Ein Geheimes Tagebuch,
das schreibt Ihr ohne Tinte.
Es sind die Zeilen,
die Eure Seele schrieb,
Euch das Leben gibt,
die keiner zu erkennen weiß,
wenn er nur von außen
ein Gesicht beschreibt.

Nur Gott und wir,
wir wissen um das Licht
an dunklen Tagen
und er beantwortete uns unsere Fragen.

Es sind die Zeilen,
die Geschichten, die zwischen
den gezogenen Linien verweilen.
Auf ewig, wie eine alte Predigt.

Und jedes Mal, stehe ich wieder auf,
nutze meine Stimme ganz laut
für mein Geheimes Tagebuch,
das geschrieben werden wollte
und immer wieder neuen Mut erzeugte.

Wir alle kennen traurige Geschichten, vielleicht empfinden wir unsere Geschichten als traurig. Aber in jeder dieser Geschichten ist eine überaus essenzielle und wunderbare Nachricht für denjenigen enthalten, der sie erlebt hat. Es sind die Geschichten von Menschen, die einen harten und schwierigen Weg beschritten haben. Diese Erfahrungen werden oft als spätere Erklärung dafür genommen und gesucht, warum ein Menschenleben sich einem traurigen *Schicksal* gebeugt hat, sich immer wieder in gleichen oder ähnlichen Verhaltensmustern verirrte. Die Geschichte der Vergangenheit wird so häufig als Entschuldigung für ein „erfolgloses" Erdenleben benutzt.

In den asiatischen Religionen und Lebensphiloso- phien (sowie natürlich auch in einigen westlichen) wird erklärt, dass man sich die Dinge, Lebensumstände aussucht, die einem auf Erden widerfahren. Damit sollen wir unsere eigentliche Lernaufgabe, unser eigentliches Lebensthema, was immer mit der Evolution (Entwicklung) unserer Persönlichkeit zu tun hat, verstehen (Wiedergeburt/ Karma). Somit wäre es leicht nachzuvollziehen, dass das Erdenleben eine Prüfung ist, die sich sehr individuell für den Einzelnen gestaltet.

Natürlich kann man mit dieser Philosophie oder Betrachtungsweise keine traurigen Lebensgeschichten beschönigen oder gar einfach stumm hinnehmen. Wir haben aber die Möglichkeit, uns bewusst zu machen, immer und immer wieder, dass es weitaus schlimmere und traurigere Lebensgeschichten als die eigene gibt.

Dies ist ein erster Schritt, Abstand zu sich selbst zu finden. Es geht bei dieser Lebensbetrachtung nicht darum, Gleichgültigkeit walten zu lassen oder auszuüben und schreckliche Naturverwüstungen, Kriminalität, Korruption oder grausame Einzelerlebnisse und Erfahrungen schulterzuckend und mit dem Argument *"Na ja, das haben sie sich eben so ausgesucht"*, zu bewerten oder hinzunehmen. Es geht darum, die eigene Betrachtungsweise ein Stück mehr dem Horizont zu öffnen und den Sinn in den Begebenheiten und Fügungen zu suchen. Wenn dieser auch nicht immer sofort zu finden ist, ihn aber zumindest zu erfragen und sich in tieferer und wacherer Beobachtung zu üben - nicht nur der Umwelt gegenüber, sondern vielleicht in erster Linie erst einmal sich und seinem Leben selbst gegenüber. Antworten auf Rückschläge und begangene Fehler nicht im Außen zu suchen. Denn was finden wir im Außen, was wir nicht in unserem Inneren tragen?

Wenn wir tiefer in uns gehen möchten, um uns zu entwickeln, um dem Universum näher zu kommen und um zu verstehen, dass alles Eins ist, dass es weder wirkliches Selbst, noch wirkliches Ich gibt, dann ist das ein nie endender Weg. Man kann ihn allerdings nicht beginnen, wenn man unglücklich ist.

Viele Westler stürzen sich plötzlich in ihrem Leben in eine Suche - die Suche nach Glück. Sie wollen plötzlich Buddhisten werden, suchen einen Lehrer/ Meister, der ihnen Fragen beantworten soll. Man kann nichts im Außen finden, was man im Inneren nicht hat. Glück hat man im Inneren. Es gibt niemanden, der einem Fragen wirklich beantworten kann, außer man selbst. Man kann Anregungen und Anstöße erhalten, aber die Antwort findet man in sich selbst.

Wenn man sich weiter entwickeln möchte, sich womöglich asiatischen Sichtweisen und Lehren widmet, wird man in der ersten Zeit mit dem „Unglück" konfrontiert.

Das, was man beim Üben/Arbeiten mit sich selbst erfährt, kann einen in eine nachdenkliche und traurige Phase stürzen. Es ist ein Irrtum der westlich geprägten Menschen, dass der erste Schritt in diese Richtung zwangsläufig Glück bringt, jedenfalls nicht das Glück, wie es hier interpretiert oder erwartet wird. Mit fernöstlicher Betrachtung würde man diese traurige Phase als „Glück" bezeichnen, nicht aber im Westen.

Um also Z (Ziel) zu erreichen, sollte man mit A beginnen. Und wenn wir verstanden und angenommen haben, dass wir die Wahl haben, besonders anhand unserer Gedankenwelt, dann ist das ein Schritt in die Richtung zu unserem Glück. Denn das Glück, das ist unser Leben. Unser Leben ist nicht das Ziel - nicht Z - unser Leben ist der Weg.

Religionen sind nicht dafür da, um *glücklich* zu machen. Sie sind als Anstoß gedacht, über unser Leben nachzudenken und unser Leben wahrzunehmen. Wenn wir unser Glück gefunden haben, kann es uns auch niemand mehr wegnehmen. Religionen können ein Anstoß dafür sein, wenigstens zu versuchen, anzunehmen, dass es einen Sinn in allem gibt. Auch einen Sinn für unsere Geschichten, für

unsere Lebensphasen, unsere Fehler und Verhaltensmuster, der wir uns bedienen. *Alles ist gut, so, wie es
ist*, weil es zu unserem Leben gehört.

Die gedichtete Kurzgeschichte *Geheimes Tagebuch*,
beschreibt sozusagen eine Art von Lebenslauf. Es gibt
wieder, was das Leben offenbart hat. Erfahrungen, die
wir durchlebt haben. Fügungen und Geschehnisse, die
verletzt, die aber auch Sinne und Wahrnehmungen
erweckt haben. Vor allem erzählt *Geheimes Tagebuch*
davon, dass wir immer wieder aufstehen sollten. Es
erzählt davon, dass jeder ,,Geschichten" hat, traurige
und verzweifelte Momente und Erlebnisse. Es erzählt
vom Verletztwerden, teilweise bis ins Tiefste der Seele,
und von Empfindungen. Gleichzeitig hält es die
Motivation hoch, sich trotzdem weiterzubewegen.
Seine Stimme laut zu nutzen für das *Geheime
Tagebuch*, das geschrieben werden wollte und immer
wieder neuen Mut erzeugte. Es erzählt von der
Notwendigkeit für jeden Einzelnen von uns, durch den
Tunnel der Erfahrungen zu gehen, um am Ende eines
jeden Tunnels die Lichterfackel zu ergreifen und in
unsere neuen Geschichten hinein zu leuchten.

Das *Geheime Tagebuch* muss nicht ein geschriebenes
Werk sein. Es kann der Traum eines Menschen sein,
der seit langer Zeit beseite gelegt wurde, um sich besser
unseren Gesellschaftsnormen anzupassen, und diesen
aber immer noch tief in sich hat. Mag dieser Traum
alles Mögliche beinhalten - vielleicht der Traum, sich
immer schon selbstständig machen zu wollen, einen
Laden zu eröffnen oder eine neue Ausbildung zu
realisieren, zu der man sich schon als Kind berufen

fühlte. Aber man hat den Traum nicht umgesetzt, weil die Eltern oder die Umwelt es nicht wollten. Es geht nicht darum, sein Glück „draußen" zu suchen oder seine Entschuldigungen. Es geht darum, in sich hineinzuhören, hin und wieder zu versuchen, von sich selbst Abstand zu nehmen und seine Geschichten aus der Distanz zu betrachten und sich aus dieser eine neue Meinung, Ansicht zu bilden.

Jemand, der schon als Kind Schauspieler werden wollte, um dann doch eine Postlehre zu absolvieren, weil dies vernünftiger erschien, kann diese Entscheidung einmal neu betrachten und schauen, ob er immer noch zum gleichen Ergebnis kommen würde. Der Traum/Wunsch, sich endlich vom alkoholkranken Partner zu trennen, in die Freiheit zu laufen und sein Leben neu zu gestalten, es zu genießen. Es gibt so viele Ausflüchte und ablenkende Entschuldigungen unsere Träume und das, was wir uns immer gewünscht haben, zu ignorieren und an unserem wirklichen Glück vorbeizurennen. Und dabei gibt es nichts Wirklicheres, als seine eigene Wirklichkeit zu erkennen und anzunehmen.

Es gibt keinen Grund, sich zu verstecken oder ein Leben zu leben, das andere von einem erwarten oder sich für uns vorstellen. Es gibt keinen Grund zur Scham (Ego/falscher Stolz), wenn man über Verletzungen sprechen möchte, denn jedes Leben hat den gleichen Wert. Alle Erfahrungen erfüllen die Seele und den Geist, wie ein persönliches Lexikon, ein weiser persönlicher Ratgeber.

Nach dem *Leichten* zu streben, bedeutet oft, sich einfach den Umständen zu beugen, sich Entschuldigungen zurecht zu legen, die den Stillstand in einer persönlichen Weiterentwicklung rechtfertigen.

Wenn eine Frau sich entscheidet, ein entwürdigendes Verhalten ihres Partners ihr gegenüber zu Gunsten der Kinder zu ignorieren, gar zu ertragen, dann ist das schlicht und einfach eine Eigenlüge.

Wir neigen dazu, es uns *leicht* zu machen, den Weg des geringsten Widerstandes zu wählen. Und natürlich spielen viele Umstände und Einflüsse wie Erziehung und anderes eine Rolle. Diese Einflüsse dürfen auch auf keinen Fall verdrängt oder ignoriert werden. Denn genau darin erkennen wir oft die Gründe unserer Verhaltensmuster, der wir uns immer wieder bedienen, wenn der Mut zum Aufbruch einfach fehlt.

Unsere Geschichten, unser Leben von der Vergangenheit bis hin zur Gegenwart und Zukunft, sind ausschlaggebend und enthalten Hinweise für unseren Fortschritt. Sie beinhalten alle Wegweiser für uns, um weiter zu kommen. Eine Vergangenheit ist aber keine Entschuldigung, sich womöglich aufzugeben oder immer die gleichen Fehler zu wiederholen. Denn wir leben im Jetzt. Wir können nichts wirklich festhalten, da alles, vor allem die Zeit, vergänglich ist.

Eine Vergangenheit ist eine Vergangenheit, sie gehört dem Gestern an. Relevant ist nur der Augenblick, in dem wir leben und der auch schon wieder an uns vorbeigezogen ist. Relevant ist, was wir aus unseren Augenblicken machen.

Wenn wir solche Entscheidungen treffen, wie in den obigen Beispielen erwähnt, dann machen wir es uns zugleich *leicht* und auch *schwer*. „Leicht", weil wir keinen Mut aufbringen müssen, den Tatsachen ins Auge zu blicken, dass wir ein glückliches Leben verdient hätten, vor allem ein Recht auf Glück, Liebe und Reichhaltigkeit. „Schwer" ist es, sich selbst etwas einzugestehen und die Tatsache zu erkennen, dass wir vielleicht ein sehr unglückliches Dasein gestalten. Wir zucken mit den Schultern und resignieren. Aufzustehen und zum Aufbruch bereit zu sein, Änderungen vorzunehmen und auf unser göttliches Geburtsrecht von Glück, Liebe und Reichhaltigkeit zu *pochen*, würde viele Ängste auslösen. Zum Beispiel die Angst vor dem Kampf mit dem Menschen, der uns dieses Recht wahrscheinlich nie zugesprochen hat, sondern der Meinung war, man müsse sein Leid für ihn ertragen. Diese Befürchtungen lassen uns Entschuldigungen finden, wie *„für die Kinder ist eine intakte Familie wichtig"* etc., und tief in uns wissen wir doch, wie sehr wir es uns damit „leicht" machen.

Zur „schweren Last" gehört auch die vergeudete und verlorene Zeit unseres Lebens. Schwer ist es, die Erkenntnis auf den gleichen Schultern zu tragen, die zuvor noch gleichgültig zuckend und bereit waren, diese Last zu ertragen. Schwer ist die Last des tiefen Wissens, wir hätten es anders machen können. Wir hätten aufbrechen können, so viele Male, und haben es immer wieder verworfen, verschoben, weil, ja weil ... -

eigentlich gibt es kein wirkliches Weil, sondern nur Ausflüchte. Ausflüchte, sein eigenes Glück zu umgehen mit Argumenten wie *„ich bin zu alt für meinen Traumberuf, meine Eltern waren nie da für mich oder mein Partner braucht mich und wird irgendwann meine Liebe zu schätzen wissen"*. Das sind verzweifelte Aussagen, um sich seinem Glück nicht stellen zu müssen. Und wir wissen dies tief in unserem Inneren, denn wen kann man schwerer belügen als seine Seele. Diese Erkenntnis schlummert tief in unserer Seele und lodert von Zeit zu Zeit auf, um sich in Erinnerung zu rufen. Diese Erkenntnis tut weh und ist nur schwer zu ertragen. Schwer zu ertragen ist auch die Macht (Verantwortung) über unser Selbst, die wir bereitwillig anderen übergeben haben, um sie nicht selbst tragen und nutzen zu müssen.

Bereit zu sein, etwas zu tun, was nicht leicht sein wird, bedarf Ausdauer und Disziplin und tiefes Vertrauen zum Ursprung. Wenn man dieses Vertrauen noch nicht hat, weil man sich mit dem Ursprung allen Seins noch nicht beschäftigt hat, ist es aber vor allem wichtig, sich selbst zu vertrauen. Denn letztendlich ist es das gleiche. Wir sind ein Teil des Ganzen, des Ursprunges. Wir sind ein Teil Gottes, ein Teil Buddhas, ein Teil des Universums und der Schöpfung. In uns zu vertrauen, heißt, in das zu vertrauen, was uns geschaffen hat.

Der tiefe Wunsch gehört einem immer selbst und auch die Wahl der Entscheidungen. So wie dieses *Geheime Tagebuch* zu mir gehört und ich die Wahl habe, es jedem Menschen zugänglich zu machen mit einer großen Hoffnung. Der Hoffnung, Liebe, die Liebe zu sich selbst zu vermitteln. Denn was kann ein Mensch schon geben, wenn er sich selbst zuvor nichts gegeben hat. Welche Liebe kann eine Mutter ihren Kindern geben, wenn sie selbst keine Liebe zu sich gefunden hat und spürt. Ich meine hier keine narzistischen Neigungen. Welche Hoffnung oder welchen Traum kann man weitergeben oder in anderen entfachen, wenn man sich selbst nie einen Traum erfüllt hat und nicht darauf gehofft hat, dass man es schaffen könnte. Kann man ehrlich lachen, wenn man nicht auch schon mal über sich selbst gelacht hat. Und in welchen lodernden Flammen sollte man mit all seinem Mut stehen, wenn nicht zuvor die Angst einen angestachelt hat. Es ist alles miteinander verbunden - jede Träne mit jedem Lächeln, jeder Schmerz mit jeder Zärtlichkeit und jeder Moment des Glücks mit jedem Moment der Trauer.

Es ist mein Glaube, dass diese Geschichten menschlich sind und viele sie zu erkennen wissen.

Keine Geschichte des Lebens war umsonst, denn in jeder Lebensgeschichte ist eine Nachricht enthalten. Manchmal sogar ein kleiner Zauber, wenn man für Augenblicke innehält und auf sein Herz hört. Verloren hat man, wenn man seine Stimme nicht nutzt, wenn man vergisst, dass die Schöpfung uns alle Kraft, Energie und Licht eingehaucht hat und wir alle, was immer für Wege wir auch genutzt haben, mit einer guten Absicht hier auf Erden gekommen sind. Verloren ist man, wenn einem nicht klar wird, wenn man sich verlaufen hat.

Unsere Sinne und der Lauf des Lebens

Labyrinth des Lebens

Du wirst sehen,
wie die Dinge ihren Lauf nehmen,
wie das Labyrinth des Lebens
Deine Wegweiser aufstellt.

Nutze das Dritte Auge,
das nie fällt.
Es steht immer aufrecht
zu Deinen Diensten,
es ist nicht zu belügen,
nur Du kannst Dich verschließen.

Nutze die Macht der Liebe,
nicht der Triebe,
sehe die Reinheit der Schöpfung
und das ewige Licht der Hoffnung.

Der Kreislauf dreht sich auf ewig.
Was Du beim ersten Mal nicht bewältigst
erwartet Dich beim nächsten Anstieg.

Du wirst sehen,
wie die Dinge ihren Lauf nehmen,
wie das Labyrinth des Lebens
Deine Wegweiser aufstellt.

Gib dem Dunklen keinen Raum,

halte die Berührung nicht im Zaum.
Sie wird Dich heilen.
Dich von innen wärmen.

Es ist die heilige Kraft der Engelsheere,
sie wollen nur Deine Seele frei kehren.
Nehmen den Schmerz hinfort
zu einem anderen Dir fremden Ort.

Lass die Angst davor nicht siegen.
Sie spielt mit Dir
und bringt Dir keinen Frieden.

Yin und Yang
strebe nach dem Einklang.
Erkenne den, der vor Dir steht,
und nehme an,
was Deinem Inneren fehlt.

Du wirst sehen,
wie die Dinge ihren Lauf nehmen,
wie das Labyrinth des Lebens
Deine Wegweiser aufstellt.

Wir begegnen uns selbst immer wieder.
Es gibt Leute, die meinen sie müssten das Land verlassen, weil es ihnen hier so *schlecht* geht, sie von Problemen umgeben sind, die sie „verlassen", hinter sich lassen möchten. Ich habe das selbst schon einige Male versucht und kann Ihnen versichern, man nimmt sich selbst überall mit hin. Selbst auf den endlosen Ozeanen, in der unglaublichen Weite der Wüste ist man

mit sich selbst konfrontiert, mit seinen Stärken, in denen wir auch unsere Schwächen finden. Ich rede hier nicht von einem Urlaub, den man sich genehmigt, um abzuschalten. Ich rede davon, dass wir oft denken, dass Probleme verschwinden, wenn man den problematischen Situationen vor Ort den Rücken kehrt.

Es gibt auch Menschen, die wandern von Partner zu Partner in der Hoffnung, in dem neuen etwas zu finden, was ihnen an dem verlassenen gefehlt hat. Dabei liegt das, was sie suchen - was wir natürlich alle suchen - in ihrem eigenen Inneren begründet. Ich bin davon überzeugt, dass jedes Problem seinen mentalen Ursprung hat, und zudem erscheint mir jedes *äußere* Problem auch aus dem Inneren entstanden zu sein. In unserer Seele sind viele verschiedene Facetten von Verhaltensweisen eingeprägt. Den Ursprung dieser Prägung zu finden, ist eine Herausforderung, die Ausdauer erfordert, aber auch eine wunderbare *Lösung* und Antwort für uns bereithält. Wenn wir unserer Seele Aufmerksamkeit schenken wollen, dann bedarf das Zeit und Ruhe. Manchmal auch Einsamkeit, um nicht zu fliehen und unsere Zeit mit unwesentlichen Dingen vollzustopfen, die uns ablenken.

In der englischen Sprache gibt es zwei Wörter für den Begriff „allein sein": *loneliness* und *solitude*. *Loneliness* steht für Einsamkeit, sich einsam und allein fühlen. *Solitude* für die freiwillige Einsamkeit. Diese Form der Einsamkeit (*solitude*) brauchen wir, wenn wir wachsen wollen an den Erfahrungen, die wir gemacht haben. Viele Menschen genügen sich leider nicht selbst. Sie können ihre eigene Gesellschaft in *leeren* Momenten nicht ertragen, können mit sich selbst nicht alleine sein. Das ist für viele noch ein Hindernis, sich bewusst mit sich selbst und der eigenen Entwicklung auseinander zu setzen. Und das enthält auch den Hinweis, dass man sich selbst, sich alleine, nicht liebt.

Die Gesetze der Natur und der Schöpfung, einer jeden Lebensform, sind simpel. Was immer man gibt, kommt zu einem zurück. Seien es Ängste, Zweifel, Neid, oder Liebe, Freundlichkeit und Hoffnungen. Das heißt, dass auch jedes Problem, ist es nicht einmal endlich von seiner Wurzel entfernt, bzw. behandelt worden, irgendwann einmal wieder auftauchen wird. Ein Beispiel wäre die Angst davor zu lieben oder geliebt zu werden, die man in oberflächlichen Beziehungen zu vergraben sucht. Sie wird einem immer dann wieder begegnen, wenn die Sehnsucht nach wirklicher Liebe in uns wächst. Diese Angst kann auch ein Zeichen dafür sein, dass man kein wirklich bewusstes Selbstwertgefühl und Selbstbewusstsein (*sich selbst bewusst zu sein*) hat und in Beziehungen jeglicher Art feststellt, dass man von seinen Mitmenschen nicht geachtet wird. Es gibt unzählige Beispiele, an denen wir erkennen können, dass sich der natürliche Lauf der Dinge, auch im eigenen Leben, nicht aufhalten lässt.

Der Lauf der Dinge sind die Gezeiten, der Lauf der Dinge dreht sich auf ewig genau wie die Erde um ihre Achse, so wie die Sonne aufgehen wird und der Mond sich erhebt. Aber man kann sehr wohl aus einem festgelegten Kreislauf seiner Verhaltensmuster ausbrechen. Man kann den Ursprung seiner Angst suchen, ihn jagen, sich ihm stellen. Man kann mit wachem Blick, die Fügungen und Begegnungen versuchen zu sehen. Anhand dieses Versuches haben wir die Chance die Fäden des eigenen Schicksals zu erkennen und sie selbst auch bewusst zu ziehen. Dieses mag uns nicht täglich gelingen, aber es ist ein erster Schritt von vielen in die Richtung unseres Glücks. Und wenn man dazu noch nicht bereit ist, kann man sich seinen Gebeten oder Wunschgedanken hingeben. Und man kann Gott oder Allah, die Schöpfung oder das Universum, die Engel oder wen auch immer um Hilfe bitten, die Kraft zu finden, sich auf das Abenteuer mit sich selbst einzulassen. *Klopfe an, so wird Dir aufgetan*, so steht es u.a. auch in der Bibel geschrieben.

Nutze das Dritte Auge,
das nie fällt.
Es steht immer aufrecht
zu Deinen Diensten,
es ist nicht zu belügen,
nur Du kannst Dich verschließen.

Das *Dritte Auge* hat nichts mit dem Verstand zu tun. Es ist da! So wie der Wind, den man nicht sieht, aber doch fühlen kann. Japaner hängen mit Vorliebe Windspiele an die Fenster, damit sie den Wind *hören*, damit sie ihn *sehen* können. Das Geräusch dieser Windspiele erinnert uns an all die Sinne, die wir haben, aber nicht nutzen.

Vom ersten Tag des Lebens an sind wir mit allen Sinnen ausgestattet. Nicht nur mit denen, die man naturwissenschaftlich erklären, fassen oder sehen kann.

32

Auch mit dem Gefühl des Herzens, dem Wissen aus anderen Zeiten. Jeder kennt es. Man hält inne und trifft eine Entscheidung, weil einem ein unerklärliches Gefühl zuflüstert, diesen Weg einzuschlagen. Oder man denkt seit Tagen an einen guten alten Freund, und dann klingelt das Telefon und dieser Mensch ist am anderen Ende der Leitung. Das hat nichts mit übersinnlichen Kräften zu tun. Es ist ein Teil unserer Kraft, die in jedem Mensch vorhanden ist. Auch wenn diese Sinne in unserer westlichen Welt meist ignoriert werden oder zum alltäglichen Gebrauch nicht eingesetzt werden, so sind und waren sie doch schon immer in uns verwurzelt und uns vom ersten Tag an als zusätzliches Geschenk mitgegeben.

Gerade der Westen hat sich im Zeitalter des Materialismus und in dem Streben, seine Sicherheit im Äußeren zu finden, von dieser sehr menschlichen Sinneskraft und Sinnesnutzung entfernt. Überdenkt man die Evolutionsgeschichte der Menschheit, wird einem auch klar, warum. Bevor die Säkularisation stattfand, wurde im Namen der Religion Macht über ganze Länder und Völker ausgeübt.

Die Kirchen bedienten sich damals seltsamer und sicher nicht *göttlicher* Mittel, um das Volk stumm und unter Kontrolle zu halten (diese Form der politischen Führung ist auch heute noch in vielen, auch durch den Kolonialismus zerrütteten Ländern, zu finden). Sie sprachen im Namen Gottes, im Namen der Schöpfung und legten Gesetze aus, nach denen die Menschen nicht mehr frei denken und handeln durften. Sie ließen Philosophen verfolgen, verbannen, anklagen und verurteilen, wenn diese andere (naturwissenschaftliche) Auffassungen hatten und auch kundtaten. Wohl auch, weil die Machthaber, also die Kirche, sich vor dem Wissen fürchteten. Das Volk könnte ja ihre Macht in Frage stellen, wenn es eigenen Kräften und Gesetzen vertraut.

Und doch wagten es z.b. die Philosophen, die Dinge in Frage zu stellen. Ihnen haben wir unter anderem auch die Erkenntnis - eine von vielen natürlich - zu verdanken, dass die Erde keine Scheibe ist. Und sicherlich hatten Menschen, die der Gabe der Kräuterkunde folgten oder Menschen mit ihrer Liebe heilen konnten, auch ein rechtes Wissen. Doch jegliche sinnliche Arbeit und sinnliches Äußern wurde damals von der Kirche *verteufelt*. Dabei war es wahrscheinlich die Kirche selbst, die von der Wahrnehmung des Göttlichen am weitesten entfernt war, da sie es mit ihrem Machtstreben nicht recht in Einklang bringen konnte.

Wir können anhand der Geschichte erkennen, dass überall dort, wo der *zivilisierte* Mensch in seinen Augen primitive Völker erobert hat, wunderbare und weit entwickelte, hoch zivilisierte Kulturen zunichte gemacht worden sind - so zum Beispiel geschehen mit den alten Inka und Maya Kulturen. Die Ureinwohner lebten im Einklang mit der Natur. Mit der Natur leben, heißt auch, mit seinen natürlichen Kräften und Sinnen zu leben.

Gerade in Europa wurde die Sinnlichkeit, welche überaus natürlich und menschlich ist, über lange Zeit als *unrein* und nicht göttlich dargestellt. Diese Einstellung hat das ganze Volk geprägt, und wir können diese Einstellung auch heute in unserer Gesellschaft klar erkennen. Ich muss oft an einen Absatz aus dem wunderbaren Buch „Harry Potter" denken, wo gesagt wird, wie dumm die Menschen damals waren, Hexen zu verbrennen. Wenn diese wirklich hätten zaubern können, bzw. Hexen oder Magier gewesen wären, so hätten sie einen Zauberspruch gegen die Flammen angewandt, und sie wären so oder so immer wieder auf die Erde gekommen. Diese Aussage fand ich persönlich so logisch, dass ich herzlich darüber lachen musste und mich sehr an den Gedanken dieser grandiosen und fantasievollen Schriftstellerin erfreute.

Die Zeit vor der Säkularisierung ist sicher eine der Hauptgründe, dass die Menschheit in ihrer Entwicklung, besonders im Westen, sich von den eigenen, tief verwurzelten Sinneswahrnehmungen distanziert hat. Dennoch sind unsere Sinne immer da. Sie sind wie Sensoren, die uns fühlen lassen, was um uns herum geschieht. Sie haben Antworten auf Fragen.

Wenn wir unseren Sinnen vertrauen, uns auf sie einlassen, können wir viele Antworten finden, auch auf unsere Ängste, Zweifel, Unsicherheiten, die meist denselben Ursprung haben. Zwar können wir nicht alles auf einmal in uns wahrnehmen und *bearbeiten*, aber wir können damit beginnen. Jede Reise beginnt mit einem einzigen Schritt.

Der Mensch ist das Maß aller Dinge.
(Protagoras, griechischer Sophist)

Dankbarkeit erzeugt Glück

Ich danke Dir
und schenke Dir.

Ich verbeuge mich
vor Deiner umwerfenden Persönlichkeit,
Deinem reinen Mut.
Er entsteht aus Deiner Gerechtigkeit,
der Du immer zu folgen versuchst.

Mit klarer Güte betucht,
ist Dein Wesen auf der Suche
nach dem vollen Leben,
und keine Abgründe
sind Dir zu verwegen,
die Wege zur Antwort zu begehen.

Ich danke Dir
und schenke Dir.

Ich kreuze die Arme vor meinem Herz,
wie es Sitte ist in meines Vaters Land,
wende meinen Blick ab von allem Verstand.
Lass mich Dich nur fühlen,
mit all Deinen Werten,
die kann ich spüren.

Verharre mit gesenktem Blick
und lege meine Achtung vor Dir nieder.
Als meine Gabe für diesen Tag

und immer wieder
sie Dir zu schenken,
denn ohne Bedenken
hältst Du mein Vertrauen in
Deinen Händen.

Ich danke Dir
und schenke Dir.

Für die Worte, die Du mir gabst,
aber nicht mit Deiner Stimme
zu versuchen vertratst,
sondern stumm aus Deinem Herzen senden ließt
und Dein lautloses Einverständnis
über mich ergießt,
jedes Mal, wenn ich Deinen Blick ersuche
und nach wahrer Freundschaft rufe.

Ich danke
und schenke Dir
meine Loyalität
und einen Teil meiner Kraft,
denn es ist nie zu spät
zu danken und zu schenken
für das, was man gefunden hat.

Dank ist ein besonderes Geschenk und zwar nicht nur für denjenigen, dem man dankt, sondern in erster Linie für einen selbst. Dankbarkeit erscheint mir als eine der größten Kräfte in uns. Sie kann uns motivieren und uns Glück empfinden lassen. Dankbarkeit ist eine wunderbare Möglichkeit, Abstand von seinem eigenen

Verstand zu bekommen, wenn dieser sich gerne sorgt oder Probleme erkennen möchte. Sich in traurigen Momenten oder Zeiten der Wut und Verzweiflung dem Gefühl der Dankbarkeit zuzuwenden, indem man sich die Dinge vor Augen hält, die man tagtäglich als selbstverständlich hinnimmt, erzeugt eine unglaubliche Wärme in uns, nämlich Liebe. Liebe zum Augenblick.

Es ist so einfach, seinen Kopf mit allen möglichen Dingen vollzustopfen, die einem nicht gefallen. Und es ist schließlich ganz und alleine unser *Kopf*, der versucht, uns in Schwierigkeiten zu bringen. Es ist die Fantasie unserer Gedanken, die unsere Realität erschafft. Unsere Gedanken beeinflussen unsere Reaktionen und unser Handeln. Es ist deshalb sehr erstrebenswert, unsere Gedanken zu überprüfen und ihnen nicht dauernd freien Lauf zu lassen. Es kann von Vorteil sein, bewusst unsere Gedanken wahrzunehmen oder sie auch ziehen zu lassen, ohne sofort zu reagieren, wenn sie uns zum Beispiel einen Streich spielen wollen. Seien Sie nicht das Werkzeug Ihrer Gedanken. Wir können unsere Gedanken bewusst beeinflussen und für sich arbeiten lassen. Geht man mit positiven Gedanken an eine Sache heran, stehen die Erfolgsaussichten gut. Das Hier und Jetzt ist wichtig, denn das ist die Realität. Überprüfen Sie, ob Ihre Gedanken Ihnen vielleicht etwas anderes vormachen wollen.

Das kostet Kraft, Ausdauer und Disziplin und zwar bis zum Ende unserer Tage. Aber es ist einen Versuch wert für Sekunden inne zu halten und Dank - dankbare Gedanken - zu empfinden für all das Wunderbare, was uns umgibt. Sei es das Glück, ein Zuhause zu haben, oder die Tatsache, dass wir keinen Hunger erleiden müssen. Dass wir Freunde haben, die uns ein Lachen schenken oder eine warme Umarmung. Dankbarkeit für das Sonnenlicht, das uns sanft streichelt. Das ist zum Beispiel eine meiner liebsten Dankbarkeitsmeditationen. Ich liebe es, wenn die Sonne scheint, und sei es auch nur für einen einzigen Sonnenstrahl am Tag, der mich berührt. Dankbar bin ich auch, wenn ich mich traurig fühle und die Bäckersfrau ein besonders herzliches Lächeln über die Ladentheke wirft. Dankbar sein für das, was man bis jetzt alles erleben und erlernen durfte, dankbar für die persönlichen Erkenntnisse, die man erlangen durfte. Dankbar für Kinder, deren und unsere Gesundheit. Auch für unsere Teenager, die uns manchmal gerne *in den Wahn treiben*, aber doch noch den *alten Blick* aufsetzen, den sie als kleines Kind nutzten, um irgendetwas zu bekommen. Dankbar für Menschen, die uns mit ihrer Loyalität Kraft geben, die uns ihren Glauben schenken und denen wir uns nicht erklären müssen, weil sie uns einfach so nehmen, wie wir sind.

Eigentlich sollten oder können wir für jeden einzelnen Augenblick dankbar sein, denn jeder klitzekleine Augenblick macht das Ganze aus. Und auch, wenn uns die einzelnen Augenblicke einer Berg- und Talfahrt im ersten Moment als nicht lebenswert erscheinen, so sind sie es doch. Denn sie sind es, die uns letztendlich weiterbringen. Auch der kleinste Augenblick ist ein Schritt von vielen, die uns zu dem Ziel hinführen, zudem wir möchten. Ein Augenblick in unserem Leben führt uns zu dem nächsten - bis ans Ende unserer

Erdentage besteht das ganze Leben aus Augenblicken, die dazu da sind, dass wir sie sinnvoll nutzen.

Jeder Augenblick bietet uns somit eine Chance, stellt uns vor die Wahl. Für das Leben dankbar zu sein, heißt auch, sich selbst dankbar zu sein, dass man es weiß, zu leben.

Liebe und die Angst davor

Wenn der Wind sich dreht

Wenn der Wind sich dreht
und Deine Welt plötzlich steht,
wenn Deine Hand zittert,
dein Herz fast zersplittert.
Dann kannst du sicher sein,
dass ich da war.

Dein Engelschein
ganz hell und klar.

Berühr' Dich mit meinem Herzen.
Sahst du jemals meine Schmerzen?

Ich schwirr` um dich herum,
hätt' mein Leben gegeben,
um noch einmal
neben Dir zu liegen.

Wenn Du die Macht in Deinen Händen hältst,
mein Vertrauen mit Dir verschmilzt,
wenn Du meine Stimme hörst
und meine Blicke spürst,
dann kannst Du sicher sein,
dass ich da war.

Dein Engelschein
ganz hell und klar.

Berühr´ Dich mit meinem Herzen.
Sahst Du jemals meine Schmerzen?

Ein großer Akt - es war Dein Pakt
mit dem Bösen.
Er wird Dich nicht erlösen.

Wenn der Sturm Dein altes Leben zerreist,
die Berge versetzt
und den Sommer vereist,
das ganze Leben in Deinem Herzen vereint,
dann war das auch die Macht des Guten,
aber Du hast es mir verboten
Dich zu lieben
Dich zu ehren.

Wenn der Wind sich dreht
und Deine Welt plötzlich steht,
wenn Deine Hand zittert,
Dein Herz fast zersplittert.
Dann kannst Du sicher sein,
dass ich da war.

Dein Engelschein
ganz hell und klar.

Berühr´ Dich mit meinem Herzen.
Sahst Du jemals meine Schmerzen?

Glaube, Liebe, Hoffnung - *die Liebe aber, ist die Größte unter ihnen,* **und sie überkommt uns oft, wenn wir es nicht erwarten oder darauf eingestellt sind. Es ist**

ein unbezahlbares Geschenk, Gefühle für einen Menschen zu haben, die aus unserer tiefsten Sehnsucht entspringen. Wenn wir verliebt sind, sagt man, wir wären blind. Ich glaube, das stimmt. Aber auch die tiefere und gereiftere Facette der Liebe hat nichts mit dem Verstand zu tun.

Liebe ist nicht mit Logik zu erklären; es ist auch nicht nötig, sie zu erklären. Aber um wirklich und vor allem *gesund* lieben zu können, sollten wir uns von den negativen Einflüssen, die unsere Art zu lieben, geprägt haben, befreien. Diese Einflüsse können aus unserer Kindheit oder unserer ersten Liebeserfahrung stammen. Wir sollten sie zumindest kennen, damit wir unsere Liebe zu einem Menschen, die oft so seltsame und unbefriedigende Wege einschlägt, verstehen.

Es wird uns in unserer Realität nicht glücklich machen, einen Menschen zu lieben, der unerreichbar zu sein erscheint, außer, wir stellen keine Forderungen und lieben diesen Menschen einfach aus der Ferne und um seinetwillen. Das wäre zum Beispiel die Liebe zu einem guten Freund, einer Schwester, einem Bruder oder Kind, den, die oder das man jederzeit ziehen lassen kann. Diese Form der Liebe zu erreichen, braucht viel Zeit, viel Übung mit sich selbst, mit seinen Gedanken umzugehen, die fordern, die begehren, die *haben* wollen.

Lassen Sie uns lieber woanders beginnen. Liebe hat so viele Gesichter, Farben und Facetten, dass man Liebe nicht mit einem Satz erklären kann. Liebe erscheint so einzigartig und individuell für jeden Menschen. Fragen

Sie mindestens fünf verschiedene Freunde, wie diese Liebe interpretieren würden, und Sie werden erstaunt sein, wie unterschiedlich die Bilder und Vorstellungen von Liebe sein können.

Eines jedoch hat Liebe immer gemeinsam: *Wahre Liebe* stellt keine Fragen, sie fordert nicht, sie dient nicht dem Ego. Liebe kann man nicht kaufen, nicht erzwingen. Liebe ist ein Geschenk in erster Linie für einen selbst. Wer wirklich lieben kann, frei und ohne Angst, aber auch mit Angst und dem Gefühl von Unsicherheit, trägt eine große Gabe in seinem Herzen.

Gerade, wenn man Angst hat, sich zu öffnen, und es dann doch der Liebe wegen tut, hat man sich mutig der Angst und den Zweifeln gestellt, sie vielleicht nicht bezwungen, aber man hat sich nicht zum Werkzeug seiner Ängste und Zweifel machen lassen. Auch dann, wenn die Liebe nicht erwidert wird, hat sie einen unbeschreiblichen Wert für den Menschen, der sie schenken wollte und kann.

Wir sind Menschen aus Fleisch und Blut, so sehr wir auch nach höherer Entwicklung und nach höheren Bewusstseinsebenen streben. Unsere Entwicklung hört nie auf und so werden wir immer wieder von Zeit zu Zeit unseren Schwächen gegenüberstehen. Seien Sie geduldig und liebevoll zu sich selbst und besonders Ihren Schwächen gegenüber. Vergessen Sie nicht, jede Reise beginnt mit einem kleinen Schritt.

Wenn wir meinen, uns in einem Menschen geirrt zu haben, dem wir unsere Liebe schenken wollten, dann liegt dieser Irrtum in uns und nicht in dem anderen Menschen, der unsere Liebe nicht zu erwidern wusste. Denn wir brauchen keinen Menschen lieben, der nicht lieben möchte oder von uns nicht geliebt werden will. Eine unglückliche Liebe zu wählen, hat ihre Ursachen meist in unserer Vergangenheit.

Wir können die Vergangenheit nicht *auslöschen*. Wir können sie nur wahrnehmen, erkennen und an uns arbeiten. Es ist harte Arbeit. Es ist ein nie endender Prozess unserer eigenen *Entwicklungsarbeit*, aber diese Arbeit macht uns innerlich ruhiger und verständiger. Dadurch, dass wir uns mit unseren eigenen Schwächen auseinandersetzen, werfen wir unseren Mitmenschen nicht so leicht ihre Schwächen vor. Ganz besonders dann nicht, wenn wir meinen, wir würden uns mit der Liebe beschäftigen.

Dies ist ein erster Schritt in Richtung *Wahre Liebe*.

Wenn wir den Wert unserer eigenen Fähigkeiten zu schätzen wissen, dann finden wir auch Antworten auf unsere Fragen in unserem Herzen, dem wahren Zuhause der Liebe.

So oft verfallen wir in eine anscheinend verzweifelte, unglückliche Liebe. Aber wahre Liebe ist weit davon entfernt. Wahre Liebe macht glücklich und wahre Liebe wird immer erwidert. Diese Form und Stufe der Liebe zu erreichen, bedarf sicherlich einer unglaublichen Reife und Entwicklung. Es ist aber sehr erstrebenswert, zu versuchen, ihr nahe zu kommen, weil jeder Schritt in diese Richtung uns bereichern wird.

So, wie wir Menschen mit verschiedenen Intellekten begegnen, so begegnen wir in unserem Erdenleben auch Menschen auf verschiedenen Entwicklungsstufen. Und jeder interpretiert die Liebe anders. Seien Sie nicht verzweifelt, wenn sie einem Menschen begegnen, der Ihre Liebe nicht zu verstehen oder zu erkennen weiß. Suchen Sie unbewusst, nicht krampfhaft, weiter. Bleiben Sie offen. Mindern Sie den Wert Ihrer Liebe oder Ihrer Person niemals, weil Ihr Wunsch, geliebt zu werden, nicht von einem bestimmten Menschen erfüllt werden kann.

Oft erleben wir unsere erste Liebesenttäuschung schon im Kindesalter in unserer ersten Liebe, nämlich unsere Eltern. Diese Erfahrung begleitet uns ein Leben lang und lässt uns angstvoll zusammenzucken, wenn wir als Erwachsene vor oder in einer Liebesbeziehung stehen. Da wurden uns Verhaltensmuster eingeprägt, die wir später oft schwer zurückverfolgen können. Aber das Ergebnis dieser Erfahrung begleitet uns solange, bis wir uns unserer Vergangenheit stellen und uns selbst zu verstehen und zu begreifen wissen.

Zu lieben heißt auch, lebendig zu sein. Arbeiten Sie an Ihrer Liebe, gehen Sie in Gedanken Zeiten und Erfahrungen zurück und schauen Sie dabei, ob Sie ähnliche Verhaltensmuster und Erfahrungen in Ihrem Leben immer und immer wiederfinden. Ich bin mir sicher, dass Sie so, wenn Sie sich selbst gegenüber ehrlich sind, sich vielleicht sogar an eine alte Antwort erinnern, warum Sie damals so und nicht anders reagiert und gewählt haben und heute immer noch auf selbe oder ähnliche Art reagieren.

Es ist nichts anderes, als ein Ablenkungsmanöver, sich nach einer Enttäuschung gleich in die nächste Beziehung zu stürzen, um sich nicht seiner Seele widmen zu müssen. Bevor Sie versuchen einen Menschen zu lieben, lieben Sie sich erst einmal selbst in den Momenten und Zeiten der *solitude*. Und vergessen Sie nicht: Liebe ist niemals dunkel, sie leuchtet in allen Farben und ist eine prächtige Göttin der Gabe. Liebe kann Berge versetzen. Versetzen Sie Ihren inneren Berg mit der Liebe zu sich selbst. Und denken Sie daran, der Mensch ist das Maß aller Dinge.

Sag mir

Sag mir, wie weit willst Du
die Grenzen ausdehnen,
Dich gegen die Vorhersagung lehnen,
der Liebe den Rücken zu drehen?

Sag mir, was hast Du vor,
wenn Dein Herz erfriert,
sich in den Bahnen der Einsamkeit verliert?

Fluss im Einklang.
Ich lege mein Vertrauen
vor Deinen Eingang,
als meine Gabe,
die ich in mir trage.

Bevor ich nehme, will ich geben.

Du hast die Wahl,
aber mein Angebot
gilt nur dieses eine Mal.

Sag mir, was tust Du,
wenn Deine Tränen nicht mehr fließen,
weil Deine eigenen Mauern
Dich bekriegen?

Sag mir, wie willst Du
meine Liebe nehmen,
ohne mir Deine zu geben?

Fluss im Einklang.
Ich fülle Dir den Kelch
mit meinem Liebestrank.
Er ist erfüllt von der Wahrheit,
nimm´ einen Schluck der Klarheit.

Bin zu weit gegangen.
War zu oft im Fischnetz verhangen
und nun müde vom Spielen.
Lass mich nur leben,
um der Ehrlichkeit wegen.

Vergiss die Moral,
sie kommt vom Verstand,
aber ich reiche Dir
meine linke Hand.

Die Angst davor sich zu öffnen, sein Herz bereitwillig
vor jemandem niederzulegen, zu vertrauen ohne ängst-

lich zurückzuschrecken, das ist für unsere Zeit leider *normal* geworden. Es ist das Licht, vor dem wir oft Angst haben, nicht die Dunkelheit (*Zitat u.a. von Nelson Mandela*).

Dabei waren Vertrauen und Liebe nicht dazu gedacht, durch Misstrauen und Verletzungen niedergetreten zu werden. Das hatte die Schöpfung niemals vor. Sie wusste wahrscheinlich nur nicht, was wir Menschen aus unserem Geschenk *der Wahl* alles machen würden. So wurden Spiele mit den Gefühlen der Liebe gespielt, Macht floss in die Liebe mit ein. Wer ein Herz zertreten konnte, war häufig der glorreiche Sieger. Allerdings ist der Preis für solches Handeln die Einsamkeit (und zwar nicht die, die ich Ihnen anfangs als *solitude* beschrieben habe). Und man bedenke, dass alles Handeln auch wieder seinen Weg zu einem selbst zurückfindet.

Es gehören natürlich immer zwei Menschen zu diesem Spiel: einer, der die Wahl trifft, das Spiel anzupfeifen, und der andere, der die Wahl trifft, sich darauf einzulassen. Aber die Liebe ist zu schade für sinnlose Spiele und Machtkämpfe, wobei es nur darum geht, dem anderen soviel Energie wie möglich abzuzapfen. Liebe gibt, sie nimmt nicht.

Mit dem Vertrauen verhält es sich genauso.
Wann war Ihr letzter Moment, wo sie sich vertrauensvoll einem Menschen geöffnet haben? Wo Sie das Gefühl hatten, nur von Wärme erfüllt zu sein, weil Sie sich einem Menschen offenbaren durften. Und für diesen Augenblick waren Sie im absoluten Einklang mit der Energie, die Sie und den Menschen, dem Sie

gegenüber saßen, umhüllte. Das sind Augenblicke in unserem Leben, wo wir eine unglaubliche Kraft, ein unglaubliches und nicht in Worte zu fassendes, stummes Wissen und Urvertrauen wiederfinden. Das sind Momente, wo es nicht darum geht, dass einer als Sieger aus der Begegnung hervorgeht. Es sind Augenblicke der puren Liebe, wo man das miteinander teilt, was man hat. Somit unterstützt man auch den Energiepegel des anderen, und durch die Unterstützung, die man gibt, füllt sich auch die eigene Energie auf.

Machen Sie einen großen Bogen um Menschen, die nur die Energie anderer anzapfen und aufsaugen und nicht geben. Die Angst ist noch zu sehr in ihrem Inneren verbreitet und ihre Bewusstseinsstufe ist sicher nicht die Ihre.

Verwechseln Sie Liebe nicht mit einem Helfer-Syndrom oder dem Bedürfnis, in dem anderen eine *Nuß* zu sehen, die Sie unbedingt knacken möchten. Dafür ist die Liebe und das Vertrauen nicht gedacht. Diese Gaben sind zu wertvoll, um sie zu verschwenden. Und Mitleid hat nichts mit Liebe zu tun. Mitgefühl ist ein angemessenes Empfinden für einen Menschen, der sein Herz verschlossen hält. Und durch Mitgefühl kann man einem Menschen vielleicht helfen oder zumindest Hilfe anbieten.

Das Wort Mitleid besagt, dass man mitleidig fühlt - einen Menschen bemitleidet. Ob dies für den Menschen, den wir bemitleiden, eine produktive Hilfe darstellt, ist zu bezweifeln. Wer aus Mitleid etwas tun möchte, kann Spenden. Wenn wir spenden, wünschen wir uns nichts zurück. Wir geben einfach das her, was wir im Überfluss haben und einfach weitergeben können.

Bedenken Sie immer, dass Sie ein göttliches Geburtsrecht haben, aus allem das Beste zu machen.

Sexualität - Das Spiel des Flusses

Wir Menschen erhielten am Tage der Schöpfung die wunderbare und göttliche Gabe unserer Sinne. In den alten Zeiten des Morgenlandes wurden diese Sinne noch zelebriert. So wurden die Sinne durch lieblich süßen oder herben Duft betört oder es wurden gar die Speisen für sinnliche Rituale zubereitet. All das ist lange her.

Heute widmen wir uns dieser Sinnlichkeit mit ihrer eigentlichen Ausdrucksform oft nicht mehr bewusst, weder bei der Nahrungsaufnahme noch beim Riechen. Wir schlingen Essen in uns hinein, ohne uns bewusst zu sein, was wir gerade zu uns nehmen. Alte Sprichwörter wie *„Liebe geht durch den Magen"* gelten für viele nicht mehr bzw. schenken wir ihnen in unserem schnell gelebten und unsinnlichen Alltag wenig oder kaum Aufmerksamkeit.

Genauso verhält es sich mit den Düften. Der *normale* und natürliche Körperduft wird übersprüht mit maschinell hergestellten Düften. Ich persönlich empfinde Parfüms und Deos in unserer heutigen Zeit nicht als *unnatürlich*. Doch wenn wir uns selbst einmal mit Distanz betrachten, können wir vielleicht auch feststellen, dass wir uns in den letzten Jahren immer mehr von unserer *Natürlichkeit* entfernt haben.

Der Geruch von Babyhaut ist für mich einer der schönsten und natürlichsten Düfte. Und diese Haut riecht ohne Zusatz von parfümierten Pflegemitteln wirklich *engelhaft*. Unsere Haut verströmt von Natur aus ihren ganz individuellen Duft. Wir sollten diesen Duft nicht vergessen. Auch Schweiß, bis zu einem gewissen Grad natürlich, kann sehr sinnlich aufgenommen werden.

Ganz gleich, welche alte Kultur wir uns anschauen, in allen wurde in früheren Zeiten Sinnlichkeit zelebriert. Die Vorbereitung einer Liebesnacht bestand aus vielen hingebungsvollen Ritualen wie der Zubereitung verschiedener Salben und Öle. Duft- und Kräuteressenzen wurden erhitzt, damit sie sich im Raum (Liebesgemach) ausbreiten konnten, um dann wiederum die Sinne zu berühren. Eine geplante körperliche Liebesvereinigung wurde mit sinnlicher Aufmerksamkeit und Hingabe vorbereitet. Derartiges findet man heute selten. Sinnlichkeit und Genuss, werden mit dieser Aufmerksamkeit nicht mehr beschenkt. Und wenn, dann lange nicht mehr so hingebungsvoll, wie unsere Ahnen es taten.

Das ist nicht nur äußerst bedauerlich, sondern hat uns auch weit ab von der eigentlichen Möglichkeit gebracht, die Sexualität sinnvoll und sinnlich zu nutzen und zu leben. Ganz besonders in der unbedachten Ausübung unserer Sexualität sind unsere Sinne teilweise schon durch Alkohol oder andere Drogen betäubt. Aber auch Angst und falsche Erwartungen beeinträchtigen unsere Sexualitität.

Die körperliche Liebe ist eine der göttlichsten und fruchtbarsten Möglichkeiten, zu lieben, und die Liebe unter *Beweis* zu stellen. Und das nicht nur im wahrsten Sinne des Wortes *fruchtbar*, was die Zeugung eines neuen Lebens angeht, sondern ganz besonders durch den gleichwertigen Energieaustausch, der stattfinden sollte, wenn zwei Körper sich miteinander verbinden. Energetisch gesehen, passieren unglaublich viele Prozesse während des Liebesaktes in unserem Körper (teilweise auch zum gleichen Zeitpunkt), die wir gar nicht alle auf einmal erfassen können.

Fernöstlich betrachtet ist die *richtige* ganzheitliche sexuelle Verbindung eine der wichtigsten Grundlagen für ein gesundes Leben - körperlich wie auch geistig und seelisch. Es ist eine kraftvolle und besonders genussvolle Möglichkeit, Energie auszutauschen, vor allem aber auch Energie in sich zu sammeln und von dieser Energie zu leben. Energie als Nahrung für unsere Sinne, die sich wiederum auf unsere Seele, unseren Körper und auf unseren Geist auswirkt. Die Autorinnen Christine Li und Ulja Krautwald geben in ihrem Buch *Der Weg der Kaiserin* folgenden Auszug aus dem chinesischen Buch der Nonne wieder:

Die weibliche Kraft verströmt sich zum Himmel.
Das Herz öffnet sich in Freude und Lachen.
Dies nennt man die Kunst des Schenkens.
Wenn es aufsteigt, muss es gesammelt werden.
Endloses Schenken macht sie hohl.
Daher hütet sich die weise Frau vor fruchtlosen Begegnungen.

Zu oft verschenken wir uns fruchtlos, haben sexuelle Begegnungen, die uns nicht nähren, sondern leer und vielleicht auch einsam und müde zurücklassen. Wenn dies geschieht, haben wir uns nicht *bedacht* verschenkt. Wenn wir eine fruchtvolle Sexualität erleben, dann erhalten und geben wir Energie in gleichem Maße. Männliche und weibliche Essenz vereinigt sich bei diesem Vorgang und lässt neues Leben entstehen - sei es durch die Zeugung eines Wesens oder durch die Energie, die wir dadurch erhalten und die uns Kraft für unser persönliches Weiterkommen gibt.

Wenn wir uns bei der körperlichen Verbindung in die Tiefe fallen lassen und bewusst unsere Sinne wahrnehmen und uns von ihnen führen lassen, dann geschieht Folgendes: Wir tauchen ab in einen anderen *Raum*, nehmen keine äußeren Geräusche oder Gerüche um uns wahr, sondern nur uns und den geliebten Menschen. Es kann manchmal sogar zu dem Gefühl kommen, dass Engel um uns herum sind und uns mit ihrem Licht einhüllen, so dass wir ganz geschützt sind, um uns nur dem Moment des Liebesaktes hinzugeben. Das Gefühl kann tranceähnlich sein. Das Geben und Nehmen im Augenblick gleicht dem Einklang der Wogen eines Meeres. Ebbe und Flut wechseln sich auf natürliche Weise ab. Mann und Frau erhalten und geben im stummen Einklang, keine Worte oder Erklärungen sind nötig.

Das Spiel des Flusses ist unsere Möglichkeit und natürliche sowie schöpferische Art, miteinander zu kommunizieren, ohne uns misszuverstehen.

Unsere Haut wird in der ganzheitlichen Medizin als unser erstes Kommunikationsmittel gesehen.

Wir können das Liebesspiel als eine Art Kommunikation betrachten, für uns erleben, spielen und erkennen.

Das Spiel des Flusses ermöglicht uns, körperlich sowie geistig, ein Gefühl des *Erwachtseins* zu erhalten, sich wie neu geboren zu fühlen. Dann fühlen wir uns *danach* stark, wie zu neuem Leben erwacht. Manche Menschen haben anschließend auch einige Tage danach keinen wirklichen Hunger, und es erscheint ihnen, als ob ihr Körper für einige Tage gut auf feste Nahrung verzichten kann. Die körperliche Vereinigung stellt eine der direktesten und kraftvollsten Formen des Energieaustausches für uns Menschen dar.

Wie ich nach dem Nonnenzitat erwähnte, fühlen wir uns nach einer fruchtlosen und unbedachten Vereinigung oft leer und einsam, vielleicht auch traurig. Wenn dies der Fall ist, so haben wir unsere sexuelle Kraft nicht für das genutzt, für was sie eigentlich gedacht ist, dem Energieaustausch zwischen zwei Menschen.

Es gibt historische Erzählungen von Herrscherinnen, die ihre sexuelle Kraft auch für politische Zwecke einzusetzen wussten. Sie wussten um die Macht dieses Energieaustausches. Wichtig dabei war (und ist es), einen kühlen Kopf zu bewahren und sich trotzdem in die Tiefen der Sinne begeben zu können. Dieses ist nur durch ein starkes Bewusstsein möglich, wobei die Übung der Meditation ein hilfreiches Werkzeug ist. Wenn wir uns in die Tiefe begeben, werden wir vom Augenblick verzaubert. Wir betreten den *Raum* der Leichtigkeit. Das kann nicht nur den Kopf unseres

Geliebten verdrehen, sondern auch unseren eigenen. Wenn dieses geschieht, haben wir womöglich unser Ziel aus den Augen verloren, dafür aber die Liebe gefunden.

Die Herrscherinnen dieser alten Erzählungen trugen eine immense Verantwortung gegenüber ihrem Volk, dass sie diese Form der *Liebesmagie* mit äußerster Konzentration und kühlem Kopf ausüben mussten, da sie sonst verheerende Konsequenzen für ihre politische Position zu befürchten hatten. Wir können das anhand den geschichtlichen, wenn auch oberflächlichen, Erzählungen über die Herrscherin Cleopatra nachvollziehen. Sie liebte ihr Volk und ihre Macht. Sie war dafür bekannt, dass kaum ein Mann ihren Reizen und dem Einfluss ihrer körperlichen *Kraft* widerstehen konnte. Sie benutze das als Mittel zum Zweck für ihr Land und ihre politischen Schachzüge. Als sie ihren kühlen Kopf verlor, verlor sie ihr Land und ihr Volk wurde erobert.

Das Geschick besteht darin, die sexuelle Vereinigung mit ganzer Liebe und Hingabe zu vollziehen, aber sich nicht in den Tiefen dieses Zaubers zu verlieren. Es wurde den Herrscherinnen u.a. von ihren Ahninnen überliefert, damit sie mit all ihren zur Verfügung stehenden *Werkzeugen* regieren konnten. Aber da wir alle Menschen aus Fleisch und Blut sind, kraftvolle Zeiten und auch schwächere Zeiten durchleben, ist es nur menschlich, dass wir nach dem Gewinnen auch mal verlieren werden.

In der fernöstlichen Medizin wird nicht umsonst gesagt, das die Weiblichkeit einen Rhythmus von drei Mal sieben Jahren zu durchleben hat, bevor sie sich körperlich mit einem Mann vereinigt und auf den Wogen des Flusses schwimmen kann, ohne Verletzungen ihres Herzens zu erleiden oder ihren Kopf zu verlieren. Wenn ich das schreibe, dann nicht, weil ich davon ausgehe, dass wir nach dieser Zeit unverletzlich sind. Viele von uns, sei es Mann oder Frau, haben sicher die Erfahrung gemacht, dass, je älter und reifer wir werden, wir einen intensiveren Zugang zu unserer Körperlichkeit erhalten, wir unseren Körper besser kennenlernen und wissen, was uns gut tut, und was uns weniger gut tut.

Immer wieder gibt es die Tatsache, dass ein alter Mann sich körperlich mit einer sehr jungen Frau, einem Teenager, verbindet. In den alten Geschichten verschiedenster Kulturen, und auch heute noch finden wir, dass Herrscher oder reiche und einflussreiche Männer sowie auch sicherlich einige religiöse Propheten sich mehrere Frauen oder gar eine Art Harem hielten. Das ist darauf zurückzuführen, dass sie erkannt haben, dass es ihnen viel Energie gibt, besonders mit jungen Frauen oder gar Mädchen.

Noch heute gibt es Regionen auf unserer Erde, wo Männer es generell bevorzugen extrem junge Frauen zu ehelichen. Sie sprechen dabei von der Lebenskraft, die diese jungen Frauen an die gezeugten Kinder weitergeben. Der Lebenshauch dieser jungen Frauen wird als stark und frisch bezeichnet. Es gilt die Meinung, dass junge, vielleicht auch unberührte Frauen noch nicht so *verbraucht* seien wie reifere und ältere. Ältere Männer können sich so von der Energiezufuhr durch diese jungen, manchmal auch immer jünger werdenden Ehefrauen, mit denen sie sich sexuell vereinigen, *ernähren*. Das Dilemma dabei ist, dass die junge Frau kaum eine Möglichkeit hat, sich durch die körperliche Vereinigung mit einem (*zu*) alten Mann ebenfalls Energie zuholen. Es ist eine sehr einseitige Vereinigung, die oft nur dazu genutzt wird, dass eine Person sich an dem Zauber *nährt*.

Immer dann, wenn wir uns mit einem Menschen auf gleicher oder ähnlicher Ebene befinden, sei es geistig, seelisch oder körperlich, kann ein gleichwertiger Austausch stattfinden. Ist man nicht auf gleicher Ebene, wird man automatisch mit Ungleichgewichten konfrontiert.

Sind wir uns dem Sinn der Sexualität bewusst, erkennen wir, welch` wunderbar göttliches und schöpferisches Geschenk dies für uns ist.

Khalil Gibran (1883-1931 Maler und Dichter) beschreibt in seinem Buch *Der Prophet*, zum Vergnügen Folgendes:

Selbst euer Körper kennt sein Erbe und seine berechtigten Bedürfnisse und will nicht betrogen werden. Und euer Körper ist die Harfe eurer Seele, und es ist an euch, süße Musik aus ihm zu locken oder wirre Töne.

Und auf die Frage: „Wie sollen wir das Gute am Vergnügen von dem unterscheiden, was nicht gut ist?", schreibt er:

Geht auf die Felder und in eure Gärten, und ihr
werdet lernen, dass es der Biene ein Vergnügen ist,
Honig aus der Blume zu sammeln.
Aber es ist auch der Blume ein Vergnügen, ihren
Honig der Biene zu geben...

So verhält es sich auch mit dem Spiel des Flusses.

Die weibliche Kraft

Wölfinnen

Ich bin die Tochter eines Ritters,
eines großen Kriegers.
Kämpfe war'n mir nie zuwider.

Während andere laut schrein`,
nutze ich ohne Pein
meinen siebten Sinn.
Er wacht tief in mir drin.

Bin ne` intuitive Schöpferin,
und was ich bin,
ist ne` Dichterin.

Bin im Einklang mit den alten Weisen.
Manche nennen sie Hexen,
doch ich kann sie euch nur anpreisen.
Ich nenne sie die Wissenden,
die feinfühligen und großmütigen
Gerissenen,
Fängerinnen der tiefen Liebe.

Das sind unsere wahren, heiligen Triebe.

Lass uns mit den Wölfinnen rennen,
denn sie können die Sinne
beim Namen nennen.

Halten ihre Babys zusammen,
tanzen um ihre Siege,
anstatt zu prahlen.

Lasst uns mit den Wölfinnen tanzen,
denn sie erkannten die Weiblichkeit im Ganzen.

Sie sind treu und verspielt,
großmütig auf Wachstum ausgezielt.
Sie ruhen auf ihrem inneren Wissen
auf unsichtbaren Kissen.

Denn wahre Wölfinnen
sind keine Opportunistinnen.

Unsere Haut ist dünner
als die der Männer.
Feine Sohlenhaut fühlt empfindlich,
und so begehe ich meine Wege
abgrundtief und gründlich.

Öffnet die Tore zum Urinstinkt,
mancher Wegweiser
gab Euch schon einen Wink
in göttliche Intuition,
unsere mächtigste Munition.

Bewahrt Euch die angeborene Fähigkeit
und erkennt die Schöpfung
in ihrer Seligkeit.

Ich trage die Lebenskraft.
Aus meinem Schoß entspringt die Macht

von Leben - ein neues Wesen
kann jede Verwüstung neu beleben.

Bin zwiespältiger Archetyp,
Urmutter der Natur.
Fast ein jeder fragt
warum nur.

Seht wach und klar,
und erinnert Euch an das, was war.

Denn Mutter Natur,
ist die, die alles schafft
und sterben lässt,
um neue Formen zu verleihen
und nicht im Gestern zu verweilen.

Denn Wölfinnen
sind keine Opportunistinnen.

Es gibt immer noch viele Orte auf diesem Erdball, wo Mütter verehrt werden. Einer Frau, die Mutter ist, werden besondere, ursprünglich natürliche *Rechte* und Anerkennung eingeräumt. Sie wird in einer natürlichen Form geachtet und respektiert. Im Westen scheint es für eine Frau eine große Lebensfrage zu sein, ob sie überhaupt jemals Mutter werden sollte. Da kommen Prioritäten, wie berufliche Karriere, Unabhängigkeit u.v.m. an erster Stelle einer Lebensplanung.

Manchmal klingt es so, als wären Kinder eine Belastung, ein zu hoher Preis, den man als Frau zu zahlen hätte. Leben zu gebären, scheint nicht mehr als natürlich betrachtet zu werden. Manche Frauen empfinden es sogar als persönliche Beleidigung, wenn man selbstverständlich annimmt, dass Frauen Kinder bekommen sollten, oder sogar dafür geschaffen sind, das Leben weiterzugeben.

Ich glaube, diese einzigartige und auch wunderbare Gabe, die wir weibliche Geschöpfe haben, hat sehr unter dem Kampf des Feminismus gelitten. Wenn wir westlichen Frauen auch Einiges im wirtschaftlichen und gesellschaftlichen Bereich erobern und erkämpfen konnten, war vielleicht unbewusst der *Verlust* (oder die Entfernung) unserer eigentlichen Mächte und Kräfte genauso *groß*. Natürlich haben wir durch diesen Kampf Freiheit erzielen können, allerdings haben viele von uns, bei der Zielstrebigkeit nach Gleichberechtigung, auch die bewusste Besinnung auf die Weiblichkeit beiseite gelegt.

Eine Frau zu sein, weiblich zu sein, mit allem, was uns die Schöpfung zur Verfügung gestellt hat, ist einzigartig und ganz wunderbar. Würden die Männer uns sonst so lieben - und auch unsere Kinder! Keine materielle oder ideelle Errungenschaft, kann das positiv Weibliche aufwiegen.

Seine Weiblichkeit nicht anzunehmen oder annehmen zu wollen, bedeutet auch, den Einklang nicht zu akzeptieren - den Einklang von Yin und Yang zum Beispiel. Den Einklang der Gegensätze. Es gibt nun einmal das männliche sowie das weibliche Prinzip, die sich zu einem harmonischen Ganzen ergänzen können.

Keines von ihnen hat einen höheren bzw. niedrigeren Stellenwert. Das Männliche und das Weibliche sind gleichwertig, nicht von dem jeweils anderen zu ersetzen oder wirklich zu trennen. Das Prinzip der Gegensätze ist ein Gesetz der Natur. Und jeder Mensch, ob Mann oder Frau, hat beide Teile in sich. Es ist gar nicht nötig, dieses nach außen zu tragen, indem wir Verhaltensweisen von Männern kopieren. So, wie in uns Frauen auch das männliche Prinzip in stillerer und manchmal auch in lauterer Form vorhanden ist, so ist bei den Männern auch das weibliche Prinzip zu finden. Die Gegensätze in uns in Einklang zu bringen, stellt unsere größte Herausforderung und zugleich auch Kraft und Möglichkeit dar.

Was wussten unsere Ahninnen über den Einklang, welche Weisheiten hatten sie bezüglich Heilung und *Nahrung?* Damit meine ich nicht das Kochen, ich meine das Nähren unserer Weiblichkeit, das Heilen unserer weiblichen Wehwechen. Wir gehen heute zum Gynäkologen und lassen uns Medikamente verschreiben, die zum Beispiel unsere Menstruationsbeschwerden lindern sollen. Wir nehmen männliche Hormone zu uns, weil wir die Fähigkeit nicht mehr nutzen, unseren Zyklus zu erleben und zu fühlen. Unsere Ahninnen würden mit dem Kopf schütteln, sie wüssten welche Kräuter es zu brauen gilt, um unser inneres, weibliches Gleichgewicht wieder herzustellen.

Medikamente erdrücken unsere Krankheiten. Ich spreche hier von Allergien, Menstruationsbeschwerden, immer wiederkehrenden Blasenentzündungen und Ähnliches. Sie betäuben und schieben das Unwohlsein für eine kurze Zeit beiseite. Sie lindern zeitbegrenzt unsere Schmerzen. Sie heilen aber nicht. Darin besteht der große Irrtum. Jede Krankheit hat einen inneren Ursprung. Vorbeugung heißt nicht nur, regelmäßige Arztbesuche ordnungsgemäß zu absolvieren.

Die fernöstliche Medizin sieht die Gesundheit des Menschen, in diesem Fall der Frau, immer im Zusammenhang mit ihrem Zyklus und der ganzen Person, ihrem Geburtsdatum, ihrer Lebenssituation, bezieht also die ganze Natur mit ein. Dazu werde ich im *Geheimes Tagebuch II* näher eingehen.

Unsere Schönheit, unsere Anmut, unsere Sanftheit, unsere tiefen Sinne und Instinkte sind in einer besonderen Form nur uns weiblichen Geschöpfen zugedacht worden. Und Frauen haben eine unglaubliche Kraft in der und durch die Liebe, eine Macht, die Fäden in der Hand zu behalten. Mit feinem Fingerspitzengefühl kann der weibliche Sinn dem anderen den Wind aus den Segeln nehmen. Wir sind in der Lage, den Geburtsschmerz zu ertragen, körperlich wie seelisch. Um diese Kraft beneiden uns Männer nicht nur im Stillen, sondern es ängstigt sie auch oft. Wir haben die Fähigkeiten, mit einem warmen weiblichen Lächeln Dinge zu erreichen und zu erhalten, ohne große Anstrengungen unternehmen zu müssen.

Es gibt leider viele Frauen, die sich in der Geschäftswelt draußen männlicher Verhaltensweisen bedienen, weil sie meinen, damit konkurrenzfähiger zu werden. Sie meinen, sie würden sich damit auf die gleiche Ebene mit dem Mann und seiner Kraft stellen. Viel einfacher und effektiver wäre es doch, sich der Werkzeuge und Mittel zu bedienen, mit denen wir bereits reichlich ausgestattet sind und die unsere eigentlichen Stärken darstellen.

Wir können mit unseren Fähigkeiten, die unser männliches Gegenüber nicht besitzt oder zu nutzen weiß eine Verhandlung führen. Wir können bestimmt und sachlich und doch warm und charmant unsere Ideen und Vorschläge präsentieren. Wir können unsere weibliche Körpersprache einsetzen, Spannungen auf- und abbauen, klug abwarten und beobachten. Wir können, wie eine kluge Mutter, die Vorteile und Vorzüge unseres Verhandlungspartners loben und dann auf das hinweisen, was wir durchsetzen möchten.

Keine Frau sollte sich darin verlieren, ihre Wünsche und Ziele einer männlich geprägten Gesellschaft anzupassen, geschweige denn irgendein anderes Geschöpf kopieren zu wollen. Und Sie können mir glauben, dass kaum ein Mann es genießt, einer Frau gegenüber zu sitzen, sei es geschäftlich oder privat, die sich männlicher Allüren bedient. Denn das ist es nicht, was das männliche Geschöpf in uns sucht. Er lebt das Männliche ja selbst. Der Gegensatz in uns, das Weibliche ist es, was er sucht, was ihn zu uns hinzieht, was ihm vielleicht auch schmeichelt und ihn betört.

Wir Frauen haben eine besondere Form der Loyalität den Kindern und dem Leben gegenüber. Wir verlassen oft seltener. Aber wenn wir Härte walten lassen und Kälte versprühen, dann mit großer Kraft und Konsequenz - viel härter als der Schlag eines Mannes.

Es gibt die Aussage: Hinter jedem erfolgreichen Mann steht eine starke (kluge) Frau. Und wir können davon ausgehen, dass dieser Mann seine Kraft aus der Kraft der Frau bezieht. Zu bedenken wäre da allerdings auch noch, dass die Frau bei aller Unterstützung, die sie mit ihren Fähigkeiten zu geben weiß, nicht vergisst, ihre Klugheit auch zu ihrem persönlichen Nutzen einzusetzen. Ich glaube Hillary Clinton wäre da ein gutes Beispiel (rein äußerlich betrachtet). Sie hat ihren Mann in seiner ganzen Laufbahn unterstützt, dabei aber nie vergessen, auch für sich selbst zu sorgen. Sie hat ihr Wissen mit ihrem Mann geteilt und später auch gewusst, dieses Wissen für sich selbst erfolgreich und fruchtvoll einzubringen.

Ich kenne die Geschichte einer arabischen Frau, die unglücklich mit einem sehr reichen und einflussreichen arabischen Mann verheiratet war. In dieser Kulturregion ist es oft, besonders für die „ungebildete" und in der unteren Mittelschicht lebenden Frau, nicht einfach, eine Scheidung durchzusetzen. In diesem Fall, ging es aber um eine sehr einflussreiche Familie (auch dort sind Scheidungen aber nicht üblich). Zurück zu der unglücklich verheirateten Frau: Eine Scheidung einzureichen, solange ihre Kinder noch klein waren, hätte ihr den Verlust (bzw. ihr den täglichen Kontakt mit ihren Kindern verwehrt) ihrer Kinder gebracht. Was sie tat, beweist mir letztendlich ein großes Geschick und Klugheit, mit dem Schicksal oder einer bestimmten Lebensphase umzugehen.

Sie nutzte den Einfluss ihres Mannes, um sich beruflich fortzubilden. Sie verbrachte viel Zeit, die Jahre bis ihre

Kinder fast volljährig waren, damit sich auf ihr Ziel, die Scheidung, vorzubereiten und zwar durch den Erwerb von Wissen und persönliche Entwicklung. Es ging ihr dabei nicht darum, etwas zu nehmen, was ihr Mann ihr zur Verfügung stellte, wie Geld oder Materielles. Sie bereicherte sich mit etwas, was nur ihr gehören würde. Nämlich Wissen! Sie ließ ihren Mann so leben, wie er wollte, da sie sich ihrer Chance bewusst war und den richtigen Zeitpunkt abzuwarten wußte. Als die Kinder 16 und 18 Jahre alt waren, bat sie ihren Mann um die Trennung. Das Recht auf die Kinder konnte er ihr nun nicht mehr verwehren, da die Kinder nun mündig waren und im Ausland Schulen besuchten. Sie konnte ihre Kinder so nicht mehr *verlieren*. In den letzten Jahren hatte sie ihren Universitätsabschluss erfolgreich bestanden und einige Geschäftszweige aufgebaut, um finanziell unabhängig zu sein. Das wäre noch nicht einmal nötig gewesen, da sie nach der Scheidung eine beträchtlich große Abfindung erhielt.

Natürlich waren die Umstände für diese Frau - *rein äußerlich* - vielleicht leichter als die einer Frau, die nicht in einer High-Society lebt. Und sicher war es ein *glücklicher* Umstand, dass in dieser Kulturregion Frauen/Mütter oft selbstverständlicher finanziell von ihren Männern versorgt werden. Eine schwierigere Ausgangsposition ist allerdings keine Entschuldigung dafür, sich sein Glück nicht zu nehmen oder aufzubauen - innerlich sowie äußerlich. Denn was finden wir im Außen, was wir im Inneren nicht haben? Auch in den Lebensphasen dieser Frau gab es Momente, wo es durchzuhalten galt, und sie an ihre Grenzen von Stärke und Schwäche kam. Sie hatte die

Wahl, sich zu beklagen und zu jammern, sich in Tage voller Unglücksempfinden fallen zu lassen oder aufzustehen und sich zu bewegen. Sie wusste um ihren eigenen Wert und das, was sie wollte. Sie blieb ihren Kindern gegenüber loyal, wollte den erzieherischen Einfluss auf sie nicht aufgeben. Aber das hieß für sie nicht, sich selbst dabei aufzugeben oder ihre Wünsche und Ziele aus den Augen zu verlieren. Sie suchte nach einem realistischen Weg, der sie dorthin führen sollte, wo sie letztendlich hin wollte.

Es geht bei dieser Geschichte nicht darum, Umstände, Kulturen oder anderes zu bewerten, sondern zu erkennen, wie diese Frau sich nach außen hin anscheinend angepasst hat, doch fast jeden Augenblick ihrer Tage an ihrem Ziel feilte. Mit dem, was ihr zur Verfügung stand, hatte sie sich ihr Leben so eingerichtet, dass sie darin leben, überleben konnte. Ganz nach dem Zitat Roosevelts: *Tu, was Du kannst, mit dem, was Du hast, dort, wo Du bist.*

Sie unterlag, um zu gewinnen.
Sie vereinte die Gegensätze miteinander: Der Lebenssituation, in der sie lebte, mit dem Ziel, dass sie erreichen wollte. Auch sie begann ihre Reise mit einem ersten Schritt - sehr unscheinbar und doch ehrlich sich selbst gegenüber.

Sich gegenüber selbst ehrlich zu sein und den eigenen Wert zu schätzen. Es ist für viele Frauen immer noch eine große Herausforderung. Viele Frauen nehmen für sie schlimme Lebensumstände in Kauf, weil sie der Meinung sind, sie müssten es halt so hinnehmen und

das Leben würde nichts Besseres für sie bereit halten.
Wir finden Entschuldigungen für unsere Geringschätzung, sei es im Berufs- oder im Privatleben.

Öffnet die Tore zum Urinstinkt,
mancher Wegweiser
gab Euch schon einen Wink
in göttliche Intuition,
unsere mächtigste Munition.
Bewahrt Euch die angeborene Fähigkeit
und erkennt die Schöpfung
in ihrer Seligkeit.

Immer noch tendieren etliche Frauen dazu, männliche Verhaltensweisen nachzuäffen, in der Hoffnung Anerkennung zu bekommen und vielleicht einen kleinen geschäftlichen oder auch privaten Sieg, davonzutragen. Damit tun wir uns letztendlich aber keinen Gefallen. Denn wir haben nach den vorgegebenen Spielregeln mitgespielt, aber wir haben uns nicht (mit aller Weiblichkeit) selbst verwirklicht. Es ist schön, zu wissen, dass wir unsere Rechnungen selbst begleichen können und finanziell unabhängig sind, was aber nie soweit gehen sollte, dass Väter sich ihrer Verantwortung entziehen und zum Beispiel keinen Unterhalt mehr für ihre Kinder leisten. Das hat dann sicherlich nichts mehr mit Gleichberechtigung zu tun.

Pflegen und zelebrieren Sie Ihre Weiblichkeit! Nutzen Sie Ihre Sinne und Ihre Sinnlichkeit! In jeder Frau steckt eine Kaiserin, eine Wölfin, eine Fürstin. Sie kann ihr Reich so gestalten, wie es ihr beliebt und wie sie es wünscht. Eine Mutter kann ihr weinendes Kind unter 20 anderen weinenden Kindern heraushören und erkennen. Ein Säugling erkennt seine Mutter zunächst an ihrem Geruch, nicht weil er mit seinen Augen schon *sehen* kann. Wir Menschen haben Sinne, und Frauen haben besonders feine Sinne. Tauschen Sie sich mit Freundinnen aus! Nichts ist für die Weiblichkeit wichtiger als der Umgang mit und die Freundschaft zu anderen Frauen. Darauf würde eine Wölfin oder Kaiserin sicher niemals verzichten.

Ein Kind zu gebären, Leben weiterzugeben, ist eine *Macht*, die nur uns Frauen zugedacht ist. Unsere Körper sind geschmeidiger und sanfter, und doch ist unser Körper so stark und kraftvoll, um neun Monate ein Leben in uns wachsen zu lassen.

Sie sind stark genug! Es ist unsinnig, Ihre Stärken mit denen eines Mannes zu vergleichen, denn Sie haben andere Stärken. Sie sind einzigartig, genau so einzigartig, wie natürlich auch Männer einzigartig sind.

Ehrlichkeit

Ich werde Dir nicht sagen,
was Du hören möchtest.
Ich werde Dich nicht fragen,
was Du beantworten kannst.

Ich knie vor Dir nieder,
und doch ist meine Kraft
größer als das Reich Deiner Heere.

Ich schaue Dir direkt ins Angesicht,
denn Ehrlichkeit ist meine Pflicht,
der ich mehr Treue schenke,
als dass ich meinem König
oder Deinen Göttern gedenke.

Verbanne mich,
wenn Du meinen Blick nicht erträgst,
wenn Dein Ego sich verdreht,
weil es sich von scheinheiliger
Anmut und Ergebenheit ernährt.

Meine Liebe gebe ich Dir.
Nicht, weil ich Dich betören will,
sondern weil ich Deine Armut erkenne
und Dir den Preis der Liebe nenne.

Du findest ihn in der Gradlinigkeit
meiner Verbeugung.

Ehrlichkeit währt am längsten.

Mein Vater war eine anerkannte Autorität und Sensei (Großmeister einer asiatischen Kampfkunst). Er war es gewohnt, respektiert zu werden, und dass man seinen Anweisungen folgt. Einmal saß er während eines Lehrganges abends noch mit seinen Studenten zusammen und erzählte Geschichten. Eine Studentin verstand meinen Vater nicht (er sprach ein Kauderwelsch aus Deutsch, Englisch und Japanisch) und fragte nach. Mein Vater reagierte nicht besonders nett und fragte seine Studentin zurück, ob sie besonders dumm sei, da alle anderen Studenten am Tisch ihn verstehen würden. Ein paar Wochen später ging mein Vater auf diese Studentin zu und entschuldigte sich für seine Äußerung. Er sagte, nun habe er bemerkt, dass die anderen Studenten ihn auch nicht verstehen würden, aber sie wären nicht so fair und ehrlich gewesen, ihm das zu sagen. Von da an hatte mein Vater ein besonderes und vertrauensvolles Verhältnis zu dieser Studentin, das er bis zu seinem Tod aufrecht hielt.

In Shakespeares großer Tragödie „König Lear" sagt ihm seine Tochter Cordelia (dem König), dass sie ihn liebt. Sie würde ihn nicht auf die Art lieben, wie sie die Blumen liebt oder die Sonne anbetet, sondern „wie sie dazu verpflichtet wäre". Und sie fügt hinzu, dass niemand ihn mehr lieben könne. Sie lobt ihn nicht *in den Himmel* oder sagt ihm, was er hören möchte. Ganz im Gegensatz zu ihren Schwestern, die das tun, um das größte Erbe zu erlangen. Der König verbannt daraufhin seine Tochter Cordelia. Am Ende der Geschichte erkennt er aber die Wahrheit. Er sieht die Ehrlichkeit in Cordelias Liebe und die Lügen seiner anderen Töchter.

Ehrlichkeit währt am längsten.

Wenn der Schmetterling mit seinen Flügeln schlägt

Zerbrich mir mein Herz nicht

Zerbrich`mir mein Herz nicht,
wenn ich es vor Dich lege,
mich in die Tiefe begebe.
Sie ist der einzig klare Blick,
mit dem ich Dich betrachte
und Dich mit meiner Liebe beachte.

Lass`mich gehen,
wenn Du mich nicht siehst,
weil Du Dich nur in Dich selbst vertiefst,
Dich nicht öffnen kannst
für meine Wärme,
für das, was ich in Dir erkenne.

Gib mir die Erkenntnis
meines Irrtums,
wenn meine Liebe keinen Sinn macht,
in Dir keinen Funken entfacht,
wenn Du nicht die alte Pfärte fühlst,
die uns aufspürt,
um uns zu finden,
mich mit Dir zu verbinden.

Zerbrich`mir mein Herz nicht,
sondern zeige mir den Weg zurück
in meine Mauern.

Lass` mich weiterreisen
ohne Bedauern.
So, wie ich gekommen bin.
Oder gib mir den Sinn
meiner Suche,
wie eine tiefe Furche,
die sich wieder öffnet,
nehme ich Altes wahr.
Von früher und viele Leben
zuvor.

Zerbrich` mir mein Herz nicht.
Gib mir die Antwort,
wer Du vorher warst.
Schick mich nicht so fort
ohne Klarheit.
Gib mir nur die Wahrheit,
um deren willen ich die weite Reise
auf mich nahm.

Ich gehöre nicht zu denen,
die ohne sie leben.
Ich brauche sie zum Atmen,
als Lebenselixier
diese Fragen,
und ich stelle sie Dir.

Verzeih mir meine Ungeduld.
Es sind die Flügel
der Schmetterlinge,
die mein Herz umringen,
mich um meinen Verstand bringen.

Ich trage die Last,
wie eine alte Schuld.
Kann sie kaum noch tragen.

Lass` mich einfach weiter schweben,
denn meine Flügel sind verletzt,
sind nicht mehr im Einklang.
Ich suche nach einem Ausgang.
Jedes Mal, wenn ich die Pforte öffne,
kurz davor bin
aus deinem Dasein zu entschwinden,
hält mich etwas zurück.

Der Flügelschlag
des Schmetterlings
erzeugt auch Angst.
Und meine Liebe scheint bedrückt.

Zerbrich` mein Herz nicht.

Wenn die Verliebtheitsphase vorübergezogen ist, stehen wir mit der Beziehung wieder in der Realität. Rosa Wolken sind vorbeigezogen und wir haben wieder einen klaren Blick. Ich würde die Verliebtheit auch als eine der vielen Facetten der Liebe bezeichnen. Sie schwimmt meines Erachtens aber eher auf der Oberfläche unserer Seele; oder bewohnt, sagen wir mal, in unserem Herzen den Raum der Vergänglichkeit, was nicht bedeutet, dass Verliebtheit keine tiefe Wirkung auf uns hat. Ganz im Gegenteil: Es ist das Schmetterlingsgefühl, welches uns einige Tage ohne feste Nahrung auskommen lassen kann, wie eine erfüllte körperliche Verbindung (siehe Kapitel *Sexualität und das Spiel des Flusses*). Diese Zeit erfüllt uns mit wahnsinniger Energie. Manchmal scheint es, als ob unser Verstand für kurze Zeit seine Tätigkeit aufgegeben hat. Es ist eine sehr reichhaltige Zeit, die ihre Wirkung auf uns, wie eine Droge, hat. Unser Energiepegel steigt immens an. Wir benötigen weniger Schlaf, und wie gesagt, Nahrung.

Ich persönlich empfinde das Verliebtsein als eine wichtige und reiche Erlebnisphase, weil sie mit soviel Leichtigkeit - einem inneren *Fliegen* - verbunden ist, auch dann, wenn mir bewusst ist, dass wir während dieser Verliebtheitsphase oft der Realität fern sind. Es ist eine Zeit des Genusses, wie das Zelebrieren einer Leidenschaft, eines guten Fünf-Gänge-Menüs. Diese Leichtigkeit, die einen davonträgt und alle alltäglichen „Sorgen" und Kleinigkeiten verfliegen lässt, scheint mir in ähnlicher Form bei Kindern vorhanden zu sein. Engel schweben sicher auch in so einer Art Leichtigkeit, nur dass sie dabei nicht, wie wir Menschen, für kurze Zeit „erblinden".

In der Zeit des „Verliebtseins" fühlen wir uns sehr mit unserem Wunschleben verbunden. Alles scheint in bunten Farben zu leuchten; alles ist so, wie wir uns das Leben immer wünschen - leicht und rosig. Das gute an dieser Phase ist, dass viele von uns während des „Verliebtseins" nicht allzu sehr von ihren tiefen Ängsten beeinflusst werden. Ich denke, dass viele Menschen diese kurzlebige Phase häufiger erleben und sich gut und gerne an das erinnern, worüber ich schreibe.

Ich habe in fast jedem Kapitel die Angst erwähnt, die in uns schlummert, und unsere daraus entstehenden Verhaltensmuster. Wenn die „Rosa-Wolken-Zeit" ihrem Ende entgegen geht, dann finden wir uns in unser realen Welt wieder. Dann ziehen unsere Alltagsgedanken und Problemchen wieder in unser *Haus* ein. Und in diesem Moment erscheint auch langsam, aber sicher wieder unsere Angst davor, verletzt zu werden. Diese Angst ist menschlich und fast jeder trägt sie in sich - auch die, die bereits weiter *entwickelt* sind, wissen, dass diese Angst immer wieder in schwachen Momenten hochkommen kann. Die Angst davor verletzt zu werden hat immer eine sehr individuelle Wurzel.

Wie wir „Liebe und Beziehung" interpretieren und leben hat sehr viel damit zu tun, wie man uns die Liebe gelehrt hat. Wir können durch den ersten Partner oder die erste Partnerin, die wir hatten, geprägt sein oder ganz besonders durch unsere Eltern. Hatten wir zum Beispiel für die Liebe, Anerkennung und Aufmerksamkeit unserer Eltern Besonderes zu leisten oder darzustellen, strengen wir uns auch in unseren heutigen Beziehungen diesem Schema entsprechend an, wenn auch unbewusst. Wir können natürlich mit unserem Verhalten auch eine total gegensätzliche Richtung oder Haltung einschlagen.

Sind wir in unserer ersten Liebesbegegnung tief verletzt worden, wird sich unsere innere Stimme immer an diesen Schmerz erinnern und bei neuen Begegnungen diese Angst hervorrufen. Angst vor der Liebe zu haben, ist auch oft mit der Angst verbunden, verlassen zu werden. Die Wurzel dieser Angst liegt oft verborgen in der Kindheit. Hat man seine Eltern verloren bzw. ist man von ihnen als Kind verlassen worden - dies kann auch im übertragenen Sinne sein, wenn die Eltern noch existieren - dann wird man in der Liebesbeziehung mehr oder weniger bewusst „klammern" oder eine gewisse *Tiefe* nicht zulassen. Und schon beim Beginn einer Beziehung schleicht die Angst hoch, wieder verlassen zu werden.

Es ist nachvollziehbar, dass, wenn unser Herz einmal *gebrochen* wurde, wir es nur ungern wieder öffnen und verschenken. Aber wir sollten den Versuch immer wieder wagen. Wenn wir nicht bereit sind, unser Herz zu verschenken (siehe auch die Überlegungen im Kapitel *Liebe und die Angst davor*), verschließen wir uns. Und dieses „Verschließen" kann uns auch Leid bringen und hat vor allem auf unsere Gesundheit einen negativen Einfluss. Wir können nicht wissen, was wir erfahren würden, wenn wir unser Herz einem Menschen, einer Liebesbeziehung, darlegen.

Ängste, wie gesagt, sind menschlich und sie stellen uns vor die Herausforderung den Ursprung zu verfolgen, zu finden, ihn zu verstehen und zu begreifen. Wir dürfen ihnen aber keine Macht über unser Handeln geben. Dann wird kein Geringerer, als wir selbst, unser Herz brechen.

Trauer und Verlust

Trauer

Ich trauer`,
weil ich liebe.
Das ist mehr als nur ein Gefühl,
in dem ich mich wühl´.

Es ist Wissen um Kostbares,
herausgerissen aus meinem Dasein.
Und wenn ich wein`,
dann nur, weil ich weiß,
ich bin der Preis
für Deine Werte.

Ich trauer`, weil mein Herz
für Dich schlägt.
Wer das nicht versteht,
wandert als Armseliger
auf seinem Weg.

Musste ziehen in meine Stille,
um zu verstehen Gottes Wille.

Asche zu Asche.
Staub zu Staub.
Oh Herr, mit Verlaub,
hatte große Angst vor diesem Tag.

Jetzt bin ich Spiegel Deines Reichtums.

Stille hat Geduld,
unfassbaren Mut,
und ich sehe, was mein Herz
schon vorher in sich trug.

Ich trauer`, weil ich lebe,
weil ich liebe und auf ewig vergebe -
mir selbst und allen anderen.
Das ist wonach ich suche und strebe.

Ein Taler - eine Medaille.
Und ich verweile
in Trauer - und Liebe.
Es sind die Hiebe und Schübe,
die unser Leben fortbewegen.

So lass mich wachsen,
mich an die Tiefen und Höhen
herantasten.
Strecke mein Angesicht
stolz und aufgeregt
in Dein Sonnenlicht.

Dachte der Tod wäre kalt.
Aber er ist auch warm,
wie mein Lieblings-Zauberwald.

Er ist ein unsichtbarer Lehrer,
und er ist nicht schwerer,
als das Leben
zu erleben.

Wenn wir eine Freundschaft oder Beziehung beenden, weil wir den Sinn darin nicht erkennen bzw. wir einsehen, dass es besser ist, zu gehen, *den Raum zu verlassen*, dann durchleben wir verschiedene Phasen. Die erste beginnt meistens mit der Trauer. Zu trauern ist genauso wichtig und essenziell für unser Leben - unsere Seele - wie das Glücklichsein. Wenn wir die Trauer eines Verlustes nicht ausleben, bleibt ein *Knoten* in uns, eine Art Blockierung, die in unseren *neuen* Gefühlen immer wieder zum Vorschein kommt.

Die Trauer entspricht der Größe unserer Liebe oder einem tiefen Wunsch. Einen Wunsch, den man jahrelang in sich getragen hat oder eine Liebe, die man sich so tief und leidenschaftlich ersehnt hat, eine Beziehung, die über viele Jahre unser Lebensinhalt war, kann man nicht innerhalb von kurzer Zeit beiseite legen und vergessen - selbst, wenn die Vernunft uns dazu bewegen möchte. Sie ist ja auch ein heilendes und klärendes Werkzeug, die ihren Dienst für uns tun muss, und trotzdem ist es wichtig, eine Trauer um einen Verlust auszuleben. Damit meine ich nicht, dass man seinen Alltag in Trauer und Verletztheit ersticken soll und selbst den Sonnenstrahl nicht mehr wahrnimmt. Ich möchte hier keine Depressionen heraufbeschwören. Aber es ist wichtig, seine Seele zu verstehen und ihr Platz einzuräumen, sich dem Gefühl der Trauer für bestimmte Momente hinzugeben.

Wir können die Trauer wie ein Kind annehmen und trösten, ihr Mitgefühl entgegenbringen. Genauso ist es von Bedeutung zu verstehen, dass jeder *Verlust* ein Neubeginn ist.

Es ist so, als ob eine Blüte dahingeht, der Winter einbricht und man auf den Frühling wartet, damit neues Wachstum entstehen kann. Und der nächste Wachstum und die „Neue Zeit" kommen. Sie können sicher sein. Denn es ist, wie schon gesagt, der Lauf der Dinge. So, wie es Ebbe und Flut gibt, so gibt es auch die Gezeiten in Ihrem Inneren, in Ihrer Seele. Nach jedem Regen kommt Sonnenschein. An dem Tag, an dem mein Vater starb, wurde meine beste Freundin Tante. Deutlicher konnte mir *der Lauf der Dinge* an diesem Tag, der der größte Verlust in meinem Leben zu sein schien, nicht vorgeführt werden.

Wenn Sie sich von einem Menschen trennen oder er sich von Ihnen, Sie ein gebrochenes Herz haben, trauern Sie! Seien Sie traurig und verstehen Sie Ihre Traurigkeit! Arbeiten Sie mit Ihrem Gefühl! Nehmen Sie sich Zeit für diese Phase des Lebens und schenken Sie sich und Ihrem Gefühl Geduld und Weisheit. Das alles finden Sie in Ihrem Inneren, wenn Sie sich die Zeit dafür nehmen.

Wenn wir mit dem Sterben, mit dem Tod, konfrontiert werden, sei es ein Menschenleben, oder ein Gefühl, ist immer neues Wachsen vorprogrammiert. Das hat sich die Natur so ausgedacht. Um wachsen zu können, muss Altes sterben. Damit Neues kommen kann, muß Altes gehen. Der Tod nimmt nicht nur, er gibt auch. Darin erkennen wir wieder den Einklang der Gegensätze. Wo Licht ist, ist auch Dunkelheit. Wir müssen und sollten die Trauerphase durchleben, damit der Platz für Neues *gereinigt* und frei ist.

Bevor die Blume stirbt, hat sie ihre Samen verstreut, damit nach ihrem Ableben Neues wachsen kann. Genauso verhält es sich mit den Gefühlen und den von uns gegangenen Menschen. Sie haben viele Samen versprüht bevor sie gingen. Sie haben etwas in uns zurück gelassen. Und wenn sie gehen, sei es ein Mensch oder ein Gefühl, halten sie sich nur in einem anderen Raum auf. Sei es eine andere Dimension von Leben, oder in einem anderen Raum in unserem Herzen. Sie sind nicht wirklich *weg*, wir können sie nur nicht mit unseren Augen sehen, aber wir haben die Möglichkeit, sie mit unserem dritten Auge wahrzunehmen.

Trauer ist ein Zeichen unserer Liebe. Und in den Momenten, wo Sie in Ihrer Trauer offen sind, achten Sie auf Fügungen und Begegnungen. Schauen Sie, ob Sie bereits Neues wahrnehmen. Wenn ein Mensch stirbt, hat er uns nicht *verlassen*. Es war einfach seine Zeit, das Erdenleben zu beenden. Wir brauchen dafür keinen Grund und keine Erklärungen zu finden, wir können es nur akzeptieren. Leben und Tod sind Eins. Was immer wir geliebt haben, wird bei uns bleiben, auch dann, wenn wir es mit unseren Händen (äußeren Sinnen) nicht mehr berühren können. Wir können unsere Dankbarkeit als heilendes Werkzeug unserer Trauer nutzen und uns an all das Schöne erinnern, was uns der Mensch oder das Gefühl gegeben hat. Und mit der Zeit werden wir auch erkennen, was uns vor allem hinterlassen wurde, damit Neues entstehen kann.

Das *reiche Erbe*, welches ich im ersten Kapitel der gedichteten Kurzgeschichte erwähnt habe, hat nichts mit materiellem Reichtum zu tun. Das Erbe, das uns unsere Lieben hinterlassen können, spiegelt sich in unserer eigenen Entwicklung wieder.

Mit einem reichen Erbe gesegnet
hinterließ er mich
mit meinem Leben.

Otosan (jap.) = Vater

Jemand schrieb meinen Namen
in das Buch des Lebens,
mit Tinte, die verschwindet.
So wie die Zeit,
so entrinnt es.

Hab´s nicht so eilig mein Kind,
sagtest Du oft zu mir.
Renn`nicht mit dem Wind.
Lass die Zeit kommen und bestimmen.
Nutze den Moment und Deine Sinne,
die innere Stimme.
Versteck`Dein Herz nicht,
das ist der einzig wahre Trick.

Du hast mich viel zu früh verlassen.
Die Erde bebte, brach,
fand keinen Halt zu fassen.

Otosan,
was immer auch hier geschehen wird,
mir widerfahren wird,
wir bleiben Verbündete.

Dein Licht erleuchtet mich,
die Lebende.
Einen Teil Deiner Weisheit
trägt mein Herz.

Das ist stärker
als jeder Schmerz.

Sei Dir sicher,
unsere Wege
werden sich wieder kreuzen.
Wie die Stäbe des Herrn
sich über unser Schicksal beugen,
wie das Koan
eines jeden Fragenden,
Suchenden,
wird es meine Aufgabe sein,
Dich zu finden.
Ich werde alles überwinden.

Der Wind ist jetzt mein Freund,
und ich werde von Deinem Stern betreut.
Wenn der Mond sich rot verfärbt,
sehe ich, wie Du im Wagen
fortfährst.

Das Feuer in mir
wird irgendwann verglühen
und mein Herz wird verstehen.
Ich werde meinen Pfad weiter begehen.

Lass die Sinne zu mir sprechen,
denn sie kamen schon zuvor,
standen vor meinem Traumtor.
Und baten mich,
von Dir Abschied zu nehmen.

Ich wollt` nichts drum geben,
wollte diese Sinne nicht erleben.

Dein Kind zu sein auf ewig,
aus dir entsprungen,
danach streb`ich.

Jeden Tag der Lehre nutzen,
niemals stehenbleiben.
Mein Rad soll sich auf ewig drehen,
so wie die Blätter,
wenn die Stürme sie bekehren.

Jemand schrieb meinen Namen
in das Buch des Lebens,
mit Tinte, die verschwindet.
So wie die Zeit,
so entrinnt es.

Kinder

Meine kleine Herde

Ich sehe, wie Du Dich windest,
drehst und entschwindest.
Aus unserem Kreis der Gemeinsamkeit,
suchst Du mit aller Kraft
Deine Spuren zur Freiheit.

Meine kleine Herde,
Du bist der Pfeil meines Bogens,
und es war nicht gelogen,
als ich Dir meine Liebe und das Leben schwor.
Bereit, jedem Tag die Stirn zu bieten.
Unerschütterlich unser Dasein
mit Mut und Zuversicht aufzuwiegen.

Meine kleine Herde,
ich trage Dich in meinem Herzen.
Dein Leid sind auch meine Schmerzen.

Ich erkenne in Deinem Blick
die Fragwürdigkeit,
mit der Du mir entgegentrittst.

Mit aller Kraft und Härte
ziehst du Deine Schwerter,
willst die Wächter der Außenwelt besiegen
und denkst
alle wollen Dich bekriegen.

Meine kleine Herde,
Du bist der Pfeil meines Bogens,
und es war nicht gelogen,
als ich Dir meine Liebe und das Leben schwor.

Bereit mit Dir,
wurde aus allem MEIN
- ein WIR -

Nun geh` hinaus - sei wachsam.
Mein Zauber ist behutsam
und wird Dich auf Deinen Wegen begleiten.

Nutze die Macht der Alten und Weisen
aus unserer Familie.
Sie halfen schon mir
bei meinem Leben mit Dir.
Das ist der Baum, mit aller Liebe,
aus dem du entsprungen bist.

Vertraue auf Dein Herz
und alles wird gut.
Hab nur Mut.

Jede Träne birgt ein Lachen.
Lerne das Feuer in Dir zu entfachen.

Meine kleine Herde,
Du bist der Pfeil meines Bogens,
und es war nicht gelogen,
als ich Dir meine Liebe und das Leben schwor.

Bereit, Dich gehen zu lassen,
wenn der Tag gekommen ist.

Flieg, flieg hoch hinaus.
Ich habe Deinen Flügel
täglich einbalsamiert,
damit er die Sehnsucht nach Freiheit
nicht verliert.

Atme den Duft des Lebens ein.
Bekehre diese Welt
und halte dich rein.

Geh`- geh` und schau nicht zurück.
Ich lasse Dich los,
freien Herzens und Willens
werde groß!

Meine kleine Herde,
Du bist der Pfeil meines Bogens.

Ich glaube, ich brauche wohl keinem Elternteil er-
zählen, was Kinder für eine Bedeutung in unserem
Leben haben. Mein Kind erschien mir als die größte
Fügung meines persönlichen Weges, meiner Reise. Das
schönste und liebevollste Geschenk, das mir die
Schöpfung je gegeben hat; und zugleich die größte
Herausforderung, der klarste Spiegel meiner Selbst.
Denn unsere Kinder gehören uns nicht, sie werden uns
als *Leihgabe* zugedacht, um Ihnen den *Lebenshauch*
und die notwendige Energie mitzugeben bzw. die

Fähigkeit ihr eigenes Energiepotential wachsen zu lassen, damit sie ihren eigenen Weg finden können.

Wir sind dazu da, sie zu unterstützen. Dieses geht weit über die rein materielle Versorgung hinaus. Jeder Mensch hat seine eigenen Ansichten über die Welt und das Leben. Und wir tragen eine große Verantwortung und Macht, wenn wir unsere Kinder mit unseren Ansichten prägen. Wer sät, wird ernten...

Die Saat, die wir in unsere Kinder, unsere Nachfahren, streuen, sollte gut bedacht sein. Es geht nicht darum, Abziehbilder unseres Verhaltens oder unserer Personen zu produzieren. Es geht darum, ein Wesen bei seiner eigenen und individuellen Entwicklung zu unterstützen. *Den Rücken zu halten*, die Sinne dieses Wesens entfalten zu lassen, damit es sich selbst und seine Umgebung wahrnimmt - und zwar so wie sie ist, und nicht so, wie wir sie sehen wollen oder haben möchten.

Ich kenne viele Menschen, die das Leben ihrer Kinder, das Leben, welches sie geschenkt haben, mit ihrem eigenen - ihrem zweiten eigenen Leben verwechseln. Das Leben unserer Kinder ist nicht unser Leben. Es gehört uns nicht. Es ist das Leben eines anderen Menschen. Schon während der Schwangerschaft oder kurz nach der Geburt eines Kindes, gibt es Eltern, die ihre Wünsche, ihre Anforderungen, Erwartungen und Vorstellungen auf das Kind projizieren und das Wachstum dieses neuen Lebens damit mächtig belasten.

Während meiner Schwangerschaft las ich ein Gedicht von Khalil Gibran:

Eure Kinder sind nicht eure Kinder...
Denn ihre Seelen wohnen im Haus von morgen, das ihr
nicht besuchen könnt, nicht einmal in euren Träumen...
Ihr seid die Bogen, von denen eure Kinder als lebende
Pfeile ausgeschickt werden...
Denn so wie ER den Pfeil liebt, der fliegt, so liebt ER
auch den Bogen, der fest ist...

Es war für mich eine Fügung, diese Nachricht noch vor der Geburt meines Sohnes erhalten zu haben. Es ist das Gesetz der Evolution, der Weiterentwicklung.

Ich staune immer wieder, wie weit unsere Kinder schon sind. Fast täglich werde ich beim Beobachten von Kindern (auch meines Sohnes) daran erinnert, um wie viel „reifer" die neuen Generationen sind. Wie viel früher stellen sie Dinge schon in Frage, wollen Antworten haben? Und wie oft können wir die Fragen nicht mit *ihren Worten* beantworten!? Und wie früh werden sie leider auch schon mit Realitäten konfrontiert, die all ihre Kraft benötigen, damit fertig zu werden. Schon in frühester Lebenszeit sind viele Kinder damit beschäftigt einen Weg zu finden, um zu „überleben".

Mein Kind interessiert sich für Bücher, die ich erst mit 26 Jahren gelesen habe. Es hat bereits Ansichten, die ich mir hart erarbeitet habe. In unseren Kindern ist teilweise eine Weitsicht vorhanden, der wir nur folgen können, die wir unterstützen können.

Mit *Unterstützung* meine ich nicht, dass wir alles absegnen sollen und immer der gleichen Meinung sein müssen. Es ist eine große Aufgabe, zu erziehen, Werte und Wissen zu vermitteln. Mit *Unterstützung* meine ich, die Kommunikation aufrecht zu erhalten, zu reden, auch unsere Meinung zu vertreten, wenn wir anderer Ansicht sind - aber auf verständliche Weise und so dass verschiedene Betrachtungsweisen nebeneinander stehen bleiben können. Kinder brauchen nicht immer auf alles eine direkte oder konkrete Antwort. Es ist gut, sie selbst auch mal suchen, erfahren zu lassen.

Wir sind und bleiben oft ein Leben lang in einer Vorbildposition (oder Erinnerung) für unsere Kinder. Wenn diese Vorbildposition mit dem Geist und der Seele unserer Kinder nicht im Einklang ist, werden unsere Kinder sich ihr Vorbild in ihrer Umgebung suchen und auch finden. Und das ist auch gut so. Sie haben schließlich ein Recht darauf, sich zu verwirklichen und ihren eigenen Weg zu finden. Letztendlich ist dies die Lebensaufgabe eines jeden Menschen. Und wir können nicht alles geben und haben, was sie dazu benötigen.

Es ist schwer für uns Eltern, für jede Situation den richtigen Mittelweg zu finden, vor allem ihn dann auch zu begehen. Es ist eine große Herausforderung, Kindern den richtigen Rahmen zu bieten, der Grenzen vorweist und trotzdem Freiheit verspricht. Es gilt zwei überaus große Gegensätze zu vereinen. Und ein Ende ist nie in Sicht, weil es immer ein Morgen geben wird - immer wieder eine neue Situation. Aber das ist unsere

Aufgabe, mit der uns unsere Kinder durch ihre Geburt beauftragt haben.

Ich kenne niemanden, der in der Kindererziehung perfekt ist. Ich kenne auch niemanden, der seine Bewußtseinsstufe so weit entwickelt hat, dass ein Ende des Lernens in Sicht wäre. Kein Meister ist soweit. Denn wir sind Menschen aus Fleisch und Blut. Es geht darum, das Beste zu geben bzw. immer wieder darum bemüht zu sein.

Mein Sohn gestaltete einmal eine Collage (mit 14 J.). Er sollte damit seine Zukunft gestalten/erklären. Ich war wie gefesselt, als ich ein großes Zitat auf diesem Bild las: *Wir haben nur Frieden, wenn wir Freiheit haben. Wir haben nur Freiheit, wenn wir Toleranz ausüben, und wir haben nur Toleranz, wenn wir Liebe haben.* Ich habe das Gefühl, immer etwas von meinem Kind zurück zu erhalten. War ich doch noch vor 15 Jahren der Ansicht, ich könnte meinem Kind Wissen vermitteln und die Dinge besser als er, so gibt es heute fast jeden Tag eine kleine Nachricht von meinem Kind, die mich erfüllt und weiterbringt.

Die Liebe zu unseren Kindern ist eine der selbstlosesten Ausdrucksformen der Liebe. Bevor wir essen, füttern wir unsere Kinder. Bevor wir uns selbst etwas schenken, beschenken wir unsere Kinder. Und so selbstlos sollte unsere Liebe auch sein, wenn wir unsere Kinder „erziehen", wenn wir ihnen unser Wissen weitergeben wollen. Die ersten Jahre erscheinen einfacher, weil wir unsere Kinder versorgen, füttern, pflegen etc. Plötzlich kommen die Jahre der Pubertät.

Die Zeit der Rebellion, wo alles, was wir tun, kritisch in Frage gestellt, ja sogar angegriffen wird. Der Umschwung geschieht über Nacht. Ich kann Ihnen versichern, dass ich vorher keinen Anruf erhielt, der mich vor dem nächsten Morgen hätte warnen können. Die Pupertät kam schnell und ohne Vorwarnung. Es war, wie der Morgen nach der Geburt meines Sohnes, der mich erahnen ließ, dass sich mein Leben nun schlagartig verändern würde.

Es gibt keine Handbücher oder Ratgeber, mit denen wir ausreichend dafür gewappnet würden, unsere Kinder zu „erziehen". *Eltern sein,* wächst mit dem Leben des Kindes.

Wir wachsen an der Aufgabe Mutter oder Vater zu sein. Wir haben die Möglichkeit, uns den Spiegel unseres Selbst immer wieder vor Augen zu halten. Wir können den Lauf des Lebens betrachten und akzeptieren, dass unsere Kinder im Morgen leben und wir im Gestern verweilen.

Es ist unglaublich schwer, ruhig *stehen* zu bleiben, wenn man elf oder zwölf Jahre die Aufgabe hatte, sich permanent um das Wohl des Kindes zu *bewegen.* Pünktlich Essen zu kochen, sich beim Einkaufen zu beeilen, weil die Kinder auf einen warten etc. Und plötzlich über Nacht sind die Kinder kaum noch Zuhause. Sie haben kein Interesse mehr, mit uns etwas zu unternehmen, da ihr Leben jetzt ganz woanders stattfindet als in ihrem bzw. unserem Zuhause. Nun ist die Zeit gekommen, wo sie raus wollen, das Leben draußen erkunden müssen. Und dann stehen wir da, kochen trotzdem weiter, warten auf unsere Kinder und schlafen erst ein, wenn wir sie sicher in ihrem Bett wissen.

Wir sollten sehr vorsichtig sein und das Leben unserer Kinder nicht dazu benutzen, das unsere zu füllen. Es wäre der größte Verlust unseres eigenen Lebens und eine große Belastung für unsere Kinder.

Unsere Kinder können die größte Bereicherung in unserer eigenen Entwicklung sein. Und wie jede Entwicklung, jede Schulstunde und Lehre wird diese einmal beendet sein - jedenfalls in der Form, in der wir sie über einige Jahre intensiv selbst erlebt haben. Diese *Lehre* ist zeitlich begrenzt, was nicht heißt, dass wir nicht weiter an unseren Kindern und der Erfahrung mit ihnen wachsen können. Das Leben ist unser einziger Lehrer, das Lernen hört nie auf. Es gibt weitere Lehren, die auf uns warten. Loszulassen ist eine davon. Jede Zeit enthält eine andere, neue Aufgabe.

Das Leben der Kinder gehört nicht uns. Es ist eine *Leihgabe*, und in dieser Zeit der Leihgabe ist es unsere Aufgabe, vielleicht auch Berufung, das Beste zu geben. Das Beste heißt, unsere Kinder zu stärken, ihnen Kraft zu geben, damit sie ihr eigenes Leben leben und erfahren können. Es ist nicht unsere Aufgabe, unsere Kinder als Kopien unserer Selbst in die Welt hinauszulassen. Es wäre auch schlimm, so eine Abhängigkeit von uns zu schaffen.

Freiheit entsteht nicht im Äußeren, nicht darin, dass man sich eine materielle Unabhängigkeit aufbaut und sich mit Konsumgütern befriedigen kann. Freiheit sollte im Inneren gesät werden und dort während der Entwicklung eines Kindes zur Unabhängigkeit heranwachsen. Unabhängigkeit, die auch den Mut beinhaltet, Fehler zu machen, wie wir sie machen mussten, um uns zu dem zu entwickeln, was wir heute sind. Mut, neue Aufgaben annehmen zu können, um uns noch weiter zu entwickeln.

Es tut weh, loszulassen, uns von unseren Kindern zu verabschieden. Ganz unabhängig davon, wie gut wir unsere Theorie studiert haben oder auch nicht. Wir sind eben Menschen und haben Gefühle. Der Abschied von unseren Kindern bedeutet nicht einen Abschied für`s Leben. Es ist nur der Abschied aus dem gemeinsamen Alltag, aus dem sie entfliehen, denn schließlich ist es unser Alltag und nicht ihrer. Wir müssen Verständnis dafür aufbringen, dass sich unsere *Welten* - die unsere und die der Kinder - nicht zwangsläufig gleichen, dass unsere Kinder vielleicht ganz woanders hinwollen. Sie sind der Pfeil unseres Bogens und sie gehören uns nicht. Wir hatten die Ehre und das Glück, sie auf das Leben vorbereiten zu dürfen, ihnen all unser Bestes zu geben. Das Beste, was aus unserer Liebe entspringen konnte. Wenn wir unser Bestes gegeben haben, dann können wir die Tür öffnen und sie vertrauensvoll hinaus geleiten.

Engel

Du bist der Engel meines Lebens.
Hier auf Erden begleitest Du mich.
Kein Tag mit Dir ist vergebens.

Warst so unscheinbar
am ersten Tag unserer Begegnung
und hieltest doch
alle Wunder für mich bereit.

Jedes Mal, wenn ich nicht weiter weiß,
hast du mich befreit,
von allen Zweifeln
und allem Kummer,
den ich in mir trage,
manchmal kaum wage
ans Licht zu tragen.

Du bist der Engel meines Lebens.
Einer von vielen,
die mich auf Erden lieben
und bei mir sind,
wenn ich blind
um mich herum suche.

Du folgst mir,
egal wohin,
erkennst in mir jeden Sinn,
legst Deinen Flügel sanft um mich,
beleuchtest mich

mit Farben der Erkenntnis,
hebst mich auf
aus der Finsternis.

Wenn ich denke zu fallen,
wenn ich denke
ich müsste anderen gefallen,
dann zeigst Du mir dein Tageslicht
und ich erkenne die wahre Sicht.

Du bist der Engel meines Lebens.
Einer von vielen,
die mich hier auf Erden lieben.

Es gibt Menschen in meinem Leben, die kamen wie gerufen, auch wenn ich dieses im ersten Moment unserer Begegnung so nicht wahrgenommen habe. Das gilt nicht nur für meinen Sohn, sondern ganz besonders auch für Freunde oder hilfreiche Menschen, die mir in den richtigen Augenblicken begegnet sind. Heute empfinde ich bewusst, dass sie mir von meinem Engel geschickt wurden, als eine Art engelhafter Beistand für mein Erdenleben (in menschlicher Form). Man sagt ja auch: *„Sie sind mir ein Engel"!*

Eines der Hauptaufgaben unserer Engel ist wohl, uns hier zu begleiten und uns dabei zu helfen, unseren wahren Weg zu finden bzw. zu gehen. Ich bin aber auch davon überzeugt, dass sie uns nur dann helfen, wenn wir darum bitten. *„Klopfe an, so wird Dir geöffnet! Bitte, so wird Dir gegeben!"*

Wenn wir daran glauben, dass auch *Dinge* existieren, die wir mit unserem bloßen Auge nicht sehen können, dann werden wir auch kein Problem damit haben, die Existenz anderer Räume, Dimensionen und Wesen außerhalb der sichtbaren Welt zu akzeptieren. Die Wahrnehmung dieser *Welten* setzt allerdings eine gewisse Bereitschaft voraus, da sie außerhalb der üblicherweise anerkannten Sinneswahrnehmung liegt. Wenn wir unsere Ignoranz und Arroganz an die höchste Stelle unserer Betrachtung und Meinung (was ja nur unsere Gedanken sind, und Gedanken sind nicht zu erkennen, nicht zu fassen oder zu sehen, sie entspringen aus unserer Wahl, unserem Verstand) plazieren, dann werden wir nicht in der Lage sein, mit einem ruhigen und tiefen *Blick* auch die Materie um uns herum wahrzunehmen.

Es gibt *mehr* als nur uns - die Menschheit. Lichtwesen (zum Beispiel) aber haben nichts Mystisches oder Gruseliges an sich.

Lichtwesen sind Bestandteil des *ganzen* Universum. Sie arbeiten für uns im Auftrage der Schöpfung, im Auftrage des Lichtes oder wie auch immer Sie die Schöpfung nennen möchten. Sie sind da, um uns auf den rechten Weg zu führen. Und bei all` dem, was wir hier auf Erden schon angerichtet haben, haben sie alle Hände voll zu tun, uns immer wieder an das Wesentliche zu erinnern und den ganz großen Schaden abzuwenden.

Für mich gibt es Menschen, die mir von meinen Engeln, von der Schöpfung zugesandt wurden. Als sie kamen schien ich manchmal zu beschäftigt mit anderen Dingen gewesen zu sein, um in dem Augenblick ihrer Erscheinung, ihre Aufgabe für mich hätte wahrnehmen oder erkennen zu können. Ich empfinde mittlerweile bewusst Menschen als Gesandte, die mir eine gewisse Nachricht vermitteln wollen. Im Grunde zählt ja jeder Augenblick und somit auch jede Begegnung. Auch die, die Unheil oder Schmerzen hinterließen, kamen mit einem Grund, mit einer essenziellen Nachricht für mich, die ich manchmal erst verstand, wenn die Episode dieser Begegnung beendet war. Es war ja letztendlich mehr oder weniger bewusst; immer meine Wahl, wen ich zu mir einließ und wen nicht.

Ich habe es auch einem *engelhaften* Freund zu verdanken, dass diese Zeilen ihren Weg nach draußen finden und Sie vielleicht heute mein Buch in den Händen halten und meine Zeilen lesen. Denn ich hatte immer große Zweifel, ob ich mein Leben, meine Gedanken anderen zugänglich machen sollte. So war es wichtig, dass mich ein Mensch an meiner Seite unterstützte. Wenn mein Geschriebenes Sie berührt und Ihnen auf Ihrem Weg weiterhelfen kann, dann gibt es schon zwei Menschen (nämlich Sie und mich), die meinem engelhaften Freund zu danken haben.

Ich weiß heute, dass mein Sohn ein Engel sein muss. Ein Freund meiner Engel im Universum. Denn ohne sein Dasein hätte ich so viele Dinge nicht erlernen können. Ohne ihn würde ich auch heute nicht hier sitzen und schreiben, um meine Empfindungen und mein Glück weiterzugeben. Und Sie können sicher sein, dass ich dieses damals mit 17 Jahren (als ich meinen

Sohn bekam) nicht ahnen konnte, geschweige denn ahnen wollte. Aber jetzt erscheint es mir oft, als hätte er damals meine Hand genommen und mich auf meinen Weg geführt. Denn seit seiner Geburt hatte ich niemals mehr dieses Gefühl der Angst, nicht zu wissen, wo ich hingehöre. Ich musste nicht weiter nach dem Sinn des Lebens suchen. Der Sinn war da, vom ersten Tag seiner Geburt an. Es schien mir von langer Hand geplant, dass er mich in meinem Leben begleiten sollte. Dabei hatte ich solche *Angst* vor seinem Kommen. Und doch wusste er mir, zu vertrauen und legte mir sein Leben für kurze Zeit in meine Hände. Es war eine Zeit, in der mir niemand vertraute, meine Eltern nicht, geschweige denn ich mir selbst. Dieses Wesen aber kam einfach und vertraute mir, ließ mich ihn gebären und bis heute großziehen.

Auch mein *engelhafter* Freund glaubt an mich und bat mich, weiter zu schreiben, nicht aufzuhören, das zu geben, was ich geben möchte. Und mein Engel gibt mir die Kraft, wenn ich mich in Zweifeln vergrabe, wenn ich mich in Gefühlen verliere. Dann rufe ich nach ihm und er kommt zur mir und führt mich ans Licht. Er öffnet meine Sinne und lässt mich spüren, dass alles Eins ist. Er hilft mir, zu verstehen, dass jeder Moment nun einmal so ist, wie er ist und nicht so, wie ich ihn mir wünsche. Bevor ich mich heute hingesetzt habe, um dieses Kapitel zu schreiben, bat ich meinen Engel um Inspiration. Ich bat ihn um Hilfe, mich das schreiben zu lassen, was für den Leser wichtig bzw. essenziell sein könnte.

Die Hauptursache vieler unserer Probleme ist das Misstrauen. Wir vertrauen nicht auf die Güte des anderen. Wir misstrauen, machen uns Sorgen und diese Gedanken lassen uns handeln. Wenn wir verstehen, dass jeder Augenblick das Ganze ausmacht, auch Momente der Unsicherheit, dann erkennen wir, dass auch diese schwierigen Augenblicke uns etwas *sagen* wollen. Wir haben stets bestimmte Wünsche, Erwartungen, Begehren, so dass wir den Augenblick oft nicht *einfach so* annehmen können, wie er ist.

Wenn unser Kopf schon besetzt ist mit vorgefassten Meinungen und Gedanken fehlt uns die Offenheit für den Augenblick. Wir können nicht gelassen an die Situation herangehen und einfach sehen, was kommt, was geschehen wird. Wenn eine Entscheidung aus der Haltung der Gelassenheit entspringt, ist das ein großer Unterschied zu einer Entscheidung, die unter dem Druck unserer Gedankengebilde entsteht. Wenn wir gelassen sind, haben wir kein Bedürfnis, auf unser Recht zu pochen. Wir haben dann kein Bedürfnis danach, den anderen zu besiegen. Wir bleiben einfach bei uns selbst. Wir sehen, dass dieser Augenblick vorbeiziehen wird und ein nächster kommen wird. Damit möchte ich nicht zu Passivität aufrufen, sondern zum Handeln aus Gelassenheit. Nicht zum Handeln, das der Befriedigung des Egos dient. Welches da ist, dem anderen sein „Unrecht" zu beweisen und unser „Recht" zu demonstrieren.

Es gibt Menschen, die bereits gelernt haben mit ihrer Liebe zu heilen. Ihr einziges Werkzeug ist ihr Herz. Sie sind in der Lage, es so zu öffnen, dass sie unseres damit in seiner Tiefe berühren können. Nennen Sie es Magie - ich nenne es Natur. Und ich gebe Ihnen Recht, wenn Sie meinen, dass die Natur über einen magischen Zauber verfügt, über eine unendliche Schönheit und Kraft. Wir sind von soviel Technik umgeben, dass es uns schwer fällt, uns daran zu erinnern, dass die Natur unser Gastgeber ist.

Diese Menschen, die mit ihrer Liebe heilen können und ihr Herz für alle Zeiten geöffnet haben, erscheinen mir im Einklang mit der Natur, dem Universum. Sie haben ihre Gabe erkannt und wollen diese zum Nutzen anderer weitergeben. Diese Menschen haben ihren wahren Weg bereits erkannt, vielleicht mit Hilfe des Universums, der universellen Helfer - unsere Engel. Denn Engel sind dazu da, uns dabei zu helfen, auf unser Herz zu hören, es vor allem wieder zu öffnen - uns selbst und dann automatisch unseren Mitmenschen gegenüber.

Wieso sollten Engel und Lichtwesen nicht existieren? Es gibt keine „Beweise" (verstandesmäßige) dafür, aber die gibt es auch nicht für die Liebe, nicht für unsere Gedanken. Was glauben wir Menschen? Alles *beweisen* zu müssen? Was immer wir als Wissen bezeichnen oder uns einbilden zu wissen, wir sind nur ein winziges Teilchen der Unendlichkeit; ein kleiner Teil, der zum Ganzen gehört. Für dieses Ganze steht jeder einzelne Mensch und deshalb scheint es mir wichtig, dass wir eine gute Einheit bilden, dass jeder sein Bestes gibt oder dieses zumindest anstrebt. Sehen Sie mein Buch als persönlichen Aufruf an Sie. Und da wir Menschen in unserer persönlichen Entwicklung oft

noch weit entfernt sind von der universellen Freundschaft und dem Einklang in uns selbst, können wir nur
darum bitten. Wenn wir unseren Engel bitten, wird er
uns dabei tatkräftig unterstützen und uns helfen.

Wir brauchen Vertrauen in uns und die natürlichen
Gesetze. Keine Entwicklung geschieht über Nacht.
Manche Dinge brauchen ihre Zeit. Wenn Sie 20 Jahre
nicht an die universelle Existenz und den Einklang aller
Dinge geglaubt haben, werden Sie Ihre Wahrnehmung
nicht von heute auf morgen total verändern oder
umschulen können. Aber wie bereits gesagt, beginnen
wir unsere Reise mit einem einzigen Schritt. Und der
Mensch ist das Maß aller Dinge.

Ich glaube, es ist eine gute und hilfreiche Eigenschaft,
sich selbst in Frage stellen zu können. Wenn man dies
kann oder schult, dann wirft das viele Zweifel anderer
gegenüber über Bord, denn man lässt andere Sichtweisen gelten und fühlt sich friedlicher im Inneren. Das
Bestreben und die Begierde „Recht" zu haben und zu
überzeugen, lässt nach. Das stimmt friedlich im
Inneren. Es erzeugt mehr Gelassenheit dem anderen
gegenüber und wir werden umgänglicher für unsere
Mitmenschen.

Die Lichtwesen, die uns auf unserem Erdenleben
umgeben, beneiden uns wohl so manches Mal um unser
Geschenk : „*die Wahl zu haben*", welches wir oft nicht
zu schätzen wissen. Es ist ihnen vielleicht nicht
verständlich, in welche emotionalen Verwirrungen wir
Menschen uns verlieren können, aber sie sind da, um
uns zu helfen. (Und wenn sie sich selbst für ein

Erdenleben entscheiden, dann vergessen und geben sie auch einen großen Teil ihrer universellen Leichtigkeit ab. Sie werden dann wie wir von der Erdanziehung beeinflusst). Es ist ein heiliges Geschenk, unsere Wahl nach unserer persönlichen Entwicklungsstufe treffen zu können. Das hat kein anderes Lebewesen in dieser Form auf Erden.

Hier auf Erden wird es uns jetzt nicht gelingen, die Unendlichkeit vollkommen jeden Tag zu erkennen und in uns aufzunehmen. Es wird uns nicht gelingen, die Perfektion, was immer jeder Einzelne darunter auch verstehen mag, zu erreichen. Darum geht es in diesem Zeitalter für uns Menschen auch gar nicht, und den Engeln, den Lichtwesen auch nicht. Sie wissen, wie wir auch, dass wir Menschen aus Fleisch und Blut sind.

Wenn wir dieses Erdenleben verlassen, dann werden wir dem wirklichen Wissen, der Unendlichkeit, wahrscheinlich sehr nahe sein. Hier auf Erden steht uns eine andere Herausforderung bevor. Dazu werde ich im zweiten Teil von *Geheimes Tagebuch* noch intensiver eingehen.

Es macht wenig Sinn, auf den richtigen Zeitpunkt warten zu wollen, um sich seiner Entwicklung zu widmen und mit der Arbeit an uns selbst zu beginnen. Wir können, im Hier und Jetzt leben und handeln, uns entwickeln. Wir können in uns schauen und unsere Wünsche den Engeln anvertrauen und sie um Hilfe bitten. Wir *brauchen* nicht im Gestern oder im Morgen leben. Es zählt „nur" das Jetzt, denn keiner kann uns beantworten oder eine Garantie geben, ob es ein Morgen geben wird.

Wenn wir vor unserem Abschied stehen, dann läuft unser Leben im Zeitraffer vor uns ab und wir bedauern durch Erkennen und erkennen mit Bedauern. Wenn wir Dankbarkeit für das empfinden, was uns zuteil wurde, schätzen wir unser Leben. Und wir können leichter Abschied nehmen, wenn wir immer versucht haben, das Beste aus unserem Leben zu machen.

Zum Abschluß möchte ich gerne ein Zitat des Großmeisters (Gründer des Wado Ryu Stils) meines Vaters weitergeben, welches man sehr gut auf seinem persönlichen Lebensweg mitnehmen kann:

Die Technik der Kampfkunst
ist dem Universum gleich,
unerschöpflich.

Sei Dir im Klaren,
dass es keine vollkommene
Technik gibt.

Großmeister Hironori Ohtsuka

Verzweiflung

Wenn ich nicht mehr weiter weiß,
mich verloren fühl`,
mich im Abgrund meiner Seele wühl`,
mich in Zweifel und Gram,
Traurigkeit und Scham verlier`.

Wenn ich mich im Kreis verrenne,
weil ich nicht verstehe,
warum ich diese verlorenen Schluchten
durchquere...

Dann drehst Du Dich zu mir,
reichst mir Deine Hand,
spendest mir Dein Licht,
berührst mein Herz
damit ich mich wiederfinde.
Deine Liebe ist grenzenlos,
sie umhüllt mich endlos.

Du berührst mich
mit Deinem Lächeln,
erklärst mit Deinen Gesten,
die mich leicht umfächeln,
dass jeder Augenblick das Ganze ausmacht.

Aus Deinen Augen schickst Du mir
den Zauber der Ewigkeit
und den Ursprung aus meinem Leib.

Wenn ich Tränen fließen lasse,
heimlich meine Träume verlasse.

Wenn ich nicht mehr weiß
wer ich bin,
wohin ich einmal ging,
keinen Draht mehr zu mir find`.

Wenn mir alles so leer erscheint,
wenn ich mich selbst bewein`,
ohne wirklichen Grund
die Schuld bei anderen suche
und im Inneren
meine Angst verfluche...

Dann drehst Du Dich zu mir
und zeigst,
wer ich wirklich bin,
umhüllst mich mit dem Lebenssinn.

Dann erkenne ich die Bahnen,
in denen unser Blut fließt,
das sich einst aus meiner Liebe ergoss
und Du als der Spross
meines Baumes entspringen wolltest,
zu mir kamst,
um mich zu begleiten.

Dann ist alles gut,
so, wie es ist
und Du immer in mir bist.

Das Leben besteht aus Höhen und Tiefen, aus Wärme und Kälte. Pflanzen verblühen und neue wachsen. Wir Menschen neigen dazu, nur die Höhen unseres Lebens zu lieben und zu genießen. Das ist menschlich, aber nicht „natürlich". Die Tiefen gehören genauso zum Leben wie die Höhen. Das Leben ist ein Zyklus, wie die Gezeiten. So ist es auch ganz natürlich, dass wir verschiedene Zeiten und Entwicklungen zu durchwandern haben.

Es ist menschlich, dass wir immer dann verzweifeln, wenn die Dinge nicht so laufen, wie wir sie haben möchten, uns wünschen oder erwarten. Auf jede Erwartung kann eine Enttäuschung folgen. Wir möchten die Zeiten, Begebenheiten, Erfahrungen mit „gut oder schlecht" bewerten, doch letztendlich gehört sich alles so, wie es ist. Und der einzelne Mensch ist das Maß aller Dinge. Was für den einen *schlecht* ist, kann für den anderen *gut* sein. Gut oder schlecht, richtig oder falsch - das ist alles relativ. Ich spreche hier nicht von Dingen wie Kriminalität, Gewaltanwendungen jeglicher Form oder Naturverwüstungen, sondern von den kleinen alltäglichen Sorgen und Problemen, denen der Mensch sich gerne widmet und hingibt. Hier kann man versuchen, sich von vorgefassten Meinungen zu distanzieren.

Das bedarf Selbstbeherrschung und Übung, und sicher wird es kaum möglich sein, in jedem Augenblick des Daseins diese Form der Gelassenheit zu bewahren.

Wir sind mit Emotionen und Gaben ausgestattet, der wir uns bedienen sollen und können. Die Herausforderung besteht darin, ein inneres Gleichgewicht zu finden bzw. anzustreben. Wir können uns selbst prüfen! Wenn wir uns in Verzweiflung wiederfinden, können wir versuchen, von dieser Verzweiflung Abstand zu gewinnen. Wir können versuchen, den Grund, die eigentliche Wurzel dieser Emotion zu erkennen. Dann werden wir gelassener und können mit diesen nicht einfachen Gefühlen leichter umgehen.

Für alles, was wir verstehen und vor allem begreifen können, bringen wir Gelassenheit auf. Oft sind die Lebensphasen, in denen wir uns verzweifelt, schwach und unsicher fühlen, eine Zeit der Vorbereitung für eine neue Epoche in unserem Leben. Ich bezeichne sie hier als „Neue Ufer - Alte Träume".

Neue Ufer - Alte Träume

Es sind Zeiten in denen wir uns zerrissen fühlen, wo Zweifel und Unbehagen uns plagen und ängstigen. Wo wir das Gefühl haben, die Dinge wenden sich immer mehr zum Negativen, werden immer schlimmer anstatt besser. Wir haben eine gewisse innere Unruhe, die nicht mit Worten zu erklären ist. Es ist die Zeit kurz vor einem neuen Aufbruch, einer neuen Phase, die unsere Lebenszeit bestimmen soll. Es ist, wie eine Geburt, ein neues Erblühen, nachdem Altes *abgestorben* ist und sich verabschiedet hat.

Diese Zeit ist mit „Schmerz", ganz natürlichem Schmerz, wie der Geburtsschmerz, verbunden, der Neues entspringen und wachsen lässt. Auch diese Zeit gehört zu unserem Erdenleben. Auch diese Momente sind essenziell für unser Weiterkommen und unsere Entwicklung.

Wenn wir merken, dass wir an einem Punkt angelangt sind, an dem es so nicht mehr weitergeht wie bisher, dann breitet sich in uns Unmut oder Unzufriedenheit aus. Diese führt häufig zu neuen Gedanken und Entscheidungen, mit denen unser Leben eine neue Richtung annimmt. Manchmal möchten wir keine Entscheidungen treffen und versuchen, uns dem Neuen, das ansteht, zu verweigern, weil es viel bequemer ist, in dem Alten zu verharren. Denn alles Neue löst erst einmal Angst und Unsicherheit aus.

Wie es auch in der Natur zu beobachten ist, gehört ein Wechsel der Zeiten zum Leben - so auch bei uns Menschen und unserem Erdenleben. In der fernöstlichen Lebensphilosophie (die auch die medizinische Behandlung prägt) spricht man von einem Lebensrhythmus und den individuellen Wandlungsphasen in unserem Leben. Für jede Phase gibt es eine neue Aufgabe.

Ich habe diese Phasen erlebt und habe noch einige vor mir. Kurz bevor etwas Neues begann, fühlte ich mich meist durcheinander, innerlich unruhig und nicht *im Einklang*, teilweise auch traurig und enttäuscht, und leider oft von Ungeduld getrieben. Je mehr ich in diesen Phasen meinem eigenen Ego begegnete, meinen Schwächen, desto mehr quälte ich mich in diesen Situationen und suchte den Blick zum Alten, zum Ruhigen, zu dem, was mir bekannt und nicht fremd war. Auch, weil mich das Neue ängstigte und ich nicht wusste, was ich zu erwarten hatte. Dabei ist die Frage nach dem, was wohl kommt, wenig hilfreich in der Vorbereitung von neuen Lebensabschnitten.

Im Grunde können wir solche Phasen nur gelassen und mit kühlem Kopf annehmen und beobachten. Ich meine damit nicht, in Lethargie zu verharren, sondern zu erkennen, dass aufgeregtes Hin und Her und sich mit den Gedanken im Kreise zu drehen wenig nützlich sind.

Wenn wir verstehen, dass die Geburt einer neuen Zeit mit Anstrengung und den eben erwähnten Ängsten verbunden ist, können wir weiser auf die schwierige Situation eingehen. Dann können wir mit offenem Blick auf das Neue schauen und sicher sein, dass das

Universum uns keine *Last* aufgeben wird, die wir nicht tragen können.

Wenn ich in einer solchen Phase stecke, dann stelle ich mir vor, wie die Blütenblätter meiner Seele sich entfalten und die Blütenknospe sich langsam öffnet, um den Himmel anzuschauen. Dann wird mir mein „Schmerz" bewusst und ich empfinde ihn dann nicht mehr wirklich als Schmerz, weil ich fühle, dass er dazugehört. Ich erinnere mich dann an die letzten Abschiedsphasen meines Lebens und erkenne das immer wiederkehrende Naturgesetz, dem auch ich mich nicht entziehen kann. *Ich habe mich für dieses Leben entschieden.* Vor allem aber habe ich jedes Mal das Gefühl, nach einer solchen Phase ein Stück mehr *Ehrlichkeit* in meinem Leben zu finden und zu leben.

Stellen Sie sich vor, Sie beginnen mit dem Malen eines Bildes. Wenn Sie Künstler sind, wissen Sie um den Moment, in dem Sie sich mit der universellen Schöpfungskraft verbinden, wenn Sie kreativ werden. Dann kennen Sie den Augenblick in dem Sie sich ins Nichts, in einem anderen *Wahrnehmungsraum*, fallen lassen. Während Sie sich in diesem aufhalten, fangen Sie an zu malen. Das kann sich über Stunden oder über eine ganze Nacht hinziehen, kann aber auch in Kürze zu einem Resultat führen. Während das Bild entsteht, folgen Sie Ihren Eingebungen. Sie sind so konzentriert, dass Sie sich selbst nicht mehr wahrnehmen. Und wenn die Zeit Ihrer *Schöpfung* beendet ist, sehen Sie das Ergebnis, das Sie selbst beeindruckt und zufriedenstellt, weil Sie im Augenblick des Entstehungsaktes alles gegeben haben.

Dieses wunderbare Ergebnis liegt nahe dem Schmerz, den Sie empfunden haben, bevor Sie z.B. zum Pinsel griffen, um sozusagen das „Wunder" entstehen zu lassen. Ich erlebe das auch immer, bevor ich beginne zu schreiben. Ich bin mir sicher, dass es vielen Kreativen und schöpferisch arbeitenden Menschen so geht. Und bevor ich schreibe, erlebe ich meistens etwas. Und sei das Erlebte noch so schön, es beinhaltet für mich immer eine Art *Schmerz*, sei dieser auch noch so klein. Selbst, wenn ich eine tiefe Liebe spüre, ein tiefes Glücksempfinden, so ist mein Herz stumm, dem Weinen nahe - sei es vor Rührung oder vor Verletztheit. Es ist ein Augenblick, in dem mich das Universum berührt, und mir die Vollkommenheit in allem bewusst wird. Und diese Erfahrung ist so intensiv, dass sie sich wie ein Schmerz anfühlt. Wenn ich mich dann hinsetze und schreibe, geschieht dieses innerhalb von Minuten. Und dann schaue ich auf und lese, was in diesen Minuten aus mir herausgesprudelt ist. Es war so, als ob meine Blütenblätter und Knospen sich vollkommen entfalteten und öffneten.

Wenn wir unser Herz öffnen, dann tut das weh. Das ist ganz menschlich für uns Menschen. Wir spüren ein Ziehen, ein Beben oder wie auch immer es jeder Einzelne für sich beschreibt.

Wenn wir uns also öffnen, wenn eine innere Entwicklung stattgefunden hat, die sich auch nach außen zeigen möchte, zeigen muss - in einer anderen Art zu leben - dann stehen wir vor neuen Ufern. Häufig können jetzt erst alte Träume gelebt werden.

Einen neuen Schritt zu wagen ist immer mit entsprechenden Vorbereitungen verbunden, gefühlsmäßig und gedanklich.

Bevor wir neue Ufer betreten und uns mit alten Träumen beschäftigen, bewandern wir unsere individuellen Schluchten. Diese können mit Verzweiflung, Trauer, Angst und anderen Empfindungen gefüllt sein. Es ist eine Zeit des inneren Unbehagens, weil wir spüren, dass sich da *etwas* verändert, was wir noch nicht mit Worten benennen können. Wir fühlen eine *Trennung* auf uns zukommen - ganz gleich um welche Form der Trennung es sich handelt.

Ein Neubeginn, sei es beruflich oder privat, kündigt sich (über unsere Sinne) immer an: *Wie die Stille vor dem Sturm.* Nicht immer bemerken wir es sofort. Manchmal versuchen wir auch alles, um es zu ignorieren. Letztendlich freuen wir uns aber oft über einen Neubeginn, weil er auch neue Chancen beinhaltet. In dem Neuen können wir unsere Entwicklung sehen. Vielleicht können wir jetzt Dinge besser, die wir vorher, zu einer anderen Zeit, nicht anders zu machen wussten.

Unruhe bewegt mein Inneres.
Ich drehe mich um meinen Blick,
suche mit Geschick,
fast verrückt,
nach weisen Antworten,
die meine Erkenntnis unterstützen,
mich wie ein Kind beschützen.

Ich möchte fliehen,
mich der Situation entziehen,
und doch weiß mein Sinn,
tief in mir drin,
dass es Zeit ist zu wachsen,
neu zu betrachten
und mich mit Vertrauen
auf Gottes Führung zu verlassen.

Lebensglück

Im Grunde genommen handeln alle Kapitel vom Leben und vom Verstehen, dass alles miteinander zusammenhängt und verbunden ist.

In jedem Kapitel, gleich um welchen Sinn, um welche Übungen und den menschlichen Eigenschaften es ging, ging es darum, sich mit dem Leben zu verbinden, Einklang zu üben, zu finden und für sich ein Stückchen zu wachsen. Ich habe bewusst wiederholt, dass der Mensch das Maß aller Dinge ist und wir jede Reise, sei sie auch noch so weit, mit einem einzigen ersten Schritt beginnen müssen. Darauf werden automatisch weitere Schritte folgen, sich neue Fügungen und Begegnungen ergeben und somit weitere Wahlmöglichkeiten eröffnen.

Wir haben ein Geburtsrecht auf *Leben*.

Leben heißt nicht, vor sich hin zu vegetieren. Leben heißt, lebendig zu sein. In jedem Leben gibt es Zeiten der Saat und der Ernte, Zeiten der Stille und des Sturms. Häufig werden wir auf unserem Lebensweg unsicher und orientierungslos sein, doch sind diese Phasen wichtig für unser persönliches Weiterkommen.

Es ist wichtig, seinen Weg bewusst zu gehen. Auch dann, wenn man das Gefühl hat, das Ziel noch nicht zu kennen oder vor Augen zu haben. Unser Leben besteht aus der Summe aller Schritte und Augenblicke, auch wenn viele ihr Ziel noch nicht kennen, nicht um ihre Berufung wissen. Das ist die Reise unseres Lebens!

Wir können darauf vertrauen, dass sich alles so fügen wird, wie die Natur es für uns vorgesehen hat. Mit *Natur* ist in diesem Zusammenhang der Lauf unseres persönlichen Lebens gemeint. Die Dinge geschehen nicht unbedingt dann, wenn wir es wollen oder wünschen. Aber alles geht seinen Weg, darauf können wir uns verlassen.

Ich habe von Gelassenheit gesprochen, die uns ein guter Ratgeber sein wird. Aus der Stille und der Tiefe unseres weisen Selbst. Gelassenheit ist das Gegenteil von Verkrampfung. Unter Druck getroffene Entscheidungen bereuen wir oft im Nachhinein. Mit Übung und Disziplin können wir versuchen, letzteres zu vermeiden.

Viele Menschen suchen immer nach der Vollkommenheit. Unzufriedenheit wird häufig mit der Beschreibung eines Mangels formuliert: *Wenn ich dieses oder jenes hätte, dann wäre mein Leben vollkommen.* Dabei sind wir vollkommen - so vollkommen wie unser Planet, den wir seit langem ausbeuten, der uns soviel Schönheit und Vielfältigkeit präsentiert und dem wir oft so ignorant gegenüber treten.

Jede einzelne Lebensphase, jede Lebensgeschichte ist vollkommen, so, wie wir sie durchleben. Unsere Ängste und Emotionen sind vollkommen, so, wie sie entstehen und wieder vergehen. Die Momente der Trauer und des Verlustes sind vollkommen, wenn sie gelebt werden; ebenso unsere Wut und Verzweiflung, unsere Sehnsüchte. Jeder Augenblick in dem sich die arabische Frau (vgl. Kapitel *Weibliche Kraft*) auf ihr Ziel vorbereitete, war vollkommen. Jede Lüge und jeder Moment der Ehrlichkeit ist es ebenfalls. Die Vollkommenheit ist nicht im *Äußeren* zu finden, sie existiert von jeher im Inneren. Und ist dort auch zu *finden* und zu *erfühlen*.

Die Vollkommenheit liegt im Bewusstsein, sich des Momentes und sich selbst bewusst zu sein.

Ich habe von den Sinnen gesprochen, davon, dass sie nichts „Übersinnliches" sind. Unsere Sinne zu nutzen, hat nichts mit Hexerei oder Esoterik zu tun. Unsere Sinne sind da, sie existieren in uns, so wie sowohl das Licht wie auch die Dunkelheit in uns existieren. Wir können entscheiden, diese Sinne zu gebrauchen oder eben nicht. Wir sind vollkommen ausgestattet mit allem, was wir brauchen.

Die Schöpfung hat uns Menschen so geschaffen, dass Licht und Dunkelheit („Gut und Schlecht") zu gleichen Teilen in uns wohnt. Es gibt weder nur gute noch nur schlechte Menschen - jedenfalls nicht von Geburt an. Beides, dunkel und hell, ist uns vom ersten Tage unseres Daseins in gleichgroßen Portionen mitgegeben. Im Laufe unseres Lebens entscheiden wir uns, welchem Teil wir mehr Aufmerksamkeit und Hingabe schenken wollen, welcher wachsen soll und welcher nicht. Wir bestimmen, welche Eigenschaften wir benutzen möchten und welche wir ignorieren.

Liebe ist die größte Kraft von allen. Liebe heilt, sie verurteilt nicht. Liebe lässt Dinge gedeihen wie das Sonnenlicht die Blütenknospen wärmt, so dass sie sich öffnen.

Ich habe vom *Suchen* geschrieben. Was kann man im Außen finden, was man im Inneren nicht hat? (Diese Frage hat mein Vater mir einmal gestellt) Sie wollen, dass andere Sie wertschätzen? Schätzen sie sich selbst und schätzen Sie andere! Sie wollen geliebt werden um Ihrer Selbstwillen? Lieben Sie sich selbst, so, wie Sie sind! Und geben Sie Liebe ohne Erwartungen daran zu knüpfen! Sie verbringen viel Zeit damit andere zu kritisieren? Betrachten Sie Ihre eigenen Stärken und Schwächen, dann haben Sie alle Hände voll zu tun, und es wird Ihnen wenig Zeit für das Kritisieren anderer bleiben! Sie wünschen sich mehr Dankbarkeit von Ihren Mitmenschen? Seien Sie dankbar! Und Sie werden so erfüllt sein, dass Sie auf den Dank anderer gar nicht mehr angewiesen sind. Sie möchten Dinge in Ihrem Leben verändern? Sie möchten Erfolg haben, Träume realisieren? Dann fangen Sie mit dem ersten Schritt an! Bewegen Sie sich! Selbst, wenn es nicht so laufen sollte, wie Sie es sich vorgestellt haben, so wird eine Nachricht, ein neues Wissen, übrigbleiben und Sie weiterführen können.

Hinfallen und wieder aufstehen gehören zum Rhythmus des Lebens. Es ist ein Zyklus und in beidem finden wir eine Lehre. Das Hinfallen kann mit der einsamen Zeit verbunden sein - der *solitude*. Nehmen Sie auch diese Zeit an! Dort finden wir vieles, was im Verborgenen lag und nun erkannt werden will.

Ein gutes intuitives Timing für die *ersten Schritte* (Pläne, Träume) ist hilfreich, sogar wichtig. Oft aber sind Angst und Zweifel im Spiel, keine guten Ratgeber. Den richtigen Zeitpunkt intuitiv abzuwarten, ist produktiv, aber auf die *perfekten* Umstände warten zu wollen, ist reiner Zeitverlust, wenn nicht gar Verschwendung.

Perfektionismus ist was für Engel, nicht für uns Menschen. Perfekt funktioniert der Einklang der Natur und dieser ist wiederum mit Bewegung verbunden, wie die Gezeiten und der natürliche Zyklus, den wir Menschen oft als Widerspruch empfinden. Und letztendlich kann ein Zeitpunkt, der für <u>uns</u> nicht *perfekt* erscheint, trotzdem <u>für sich</u> der perfekteste Zeitpunkt sein.

Niemand wird Ihnen Ihre Zukunft oder Ihr Leben besser erklären können, als Ihre eigenen Entscheidungen und Bewegungen. Niemand wird Ihnen Antworten auf Ihre wesentlichen Lebensfragen geben können. Die Antworten tragen Sie selbst in sich. Sie sind ein Teil der Schöpfung, ein Teil der Natur, ein Teil Gottes, Allahs oder Buddhas. Die Betrachtung liegt bei uns selbst. Jedes individuelle Leben ist eine Art *Geheimes Tagebuch.*

Ein Geheimes Tagebuch
ist tiefes Wissen,
gesammelt beim Aufbruch
und der Wiederkehr
von Reisen.

Sie sind Erinnerungsstücke,
die uns wacher werden lassen,
die uns zart umkreisen,
wenn wir den nächsten Schritt bedenken,
die Antwort nicht in Logik finden.

Dann spüren wir die innere Macht,
sie weist uns sacht
auf unsere erworbenen Kenntnisse hin.

Und all das,
steckt im Geheimen Tagebuch drin.

Was der Einzelne unter Lebensglück versteht, ist von Mensch zu Mensch recht unterschiedlich. Manche suchen das Lebensglück in äußeren Dingen, aber dort werden wir das wahre Glück nicht finden.

Wenn wir erst einmal unser inneres Glück gefunden haben, sind wir auch mit unseren äußeren Umständen zufrieden. Wenn wir beruflich etwas ausüben, was uns als unsere Berufung erscheint, was uns zufriedenstellt, dann können wir damit auch gut *verdienen*. Wenn wir glücklich sind, strahlen wir das auch aus. Und glückliche Menschen ziehen wiederum andere glück-liche Menschen und Umstände an. Das liegt daran, dass sie viel zu geben haben. Zuvor haben sie sich selbst viel gegeben, waren ehrlich und aufrichtig sich selbst gegenüber. Sie haben ihrer Seele Aufmerksamkeit geschenkt und Antworten auf ihre Lebensfragen erhalten. Sie haben ihr Recht und ihre Pflicht auf eine persönliche Erfüllung erkannt.

Den Weg des Lebens zu gehen, bleibt ein andauernder Prozess. Und er ist nicht immer einfach. Aber es lohnt sich! Sich selbst zu verwirklichen, bringt viel Kraft und Energie, und es macht Spaß. Es ist ein wahres Geschenk an sich selbst, dass man sich weder kaufen noch stehlen kann (*indem man die Energie anderer raubt*) oder von einem anderen Menschen erhält. Andere Menschen können einem helfen, Tipps geben, aber für die Arbeit an sich selbst und seiner Entwicklung ist jeder selbst verantwortlich.

Das *Geheimes Tagebuch* ist ein Teil meines Glücks. Ich weiß inzwischen, dass es immer weitergeht. Ich habe erkennen dürfen, dass ich mich entwickelt habe. Das ist genauso schön, wie den Wachstum seiner Kinder zu beobachten. Solange ich wachse, weiß ich, dass ich lebendig bin.

Wachstum, ich wiederhole dieses immer wieder, ist nicht einfach. Aber haben wir einmal verstanden, dass die Geschichten unseres Lebens einen Sinn, eine Nachricht enthalten, dann können wir sie annehmen. Sie brauchen nicht mehr als Entschuldigung für unser „Jammern", für unseren manchmal „*geliebten Pessimismus*" zu dienen.

Haben wir einmal erkannt, dass wir mit dem Leben im Ganzen verbunden sind, dass unsere Verhaltensmuster uns im Labyrinth des Lebens immer wieder begegnen, wenn wir nicht an ihnen arbeiten, können wir uns nicht mehr „faul" zurücklehnen. Wir sind fast gezwungen, den Gründen unseres Verhaltens auf die Spur zu kommen, bis zur Wurzel, was uns sicher manchmal verzweifeln lässt. Das heißt nämlich auch, unsere Fehler in Frage zu stellen und die Kraft aufzubringen, uns selbst und unser Verhalten aus einer gewissen Distanz zu betrachten. Wir werden uns unserer Sinne bewusster und lernen, auf unsere Intuition zu hören. Wir lernen, unsere Sinne zu sensibilisieren und werden dadurch selbst im Ganzen sensibler.

Haben wir einmal erkannt, dass unsere Gedanken uns handeln und reagieren lassen, dann sind wir bei jedem Gedanken in einer Art „Klemme". Dann kann uns bewusst werden, wie oft wir illusorische Gedanken produzieren, die weit ab von der Realität sind. Wir beginnen ab dieser Erkenntnis dann unsere Gedanken-gänge aus einem anderen realistischeren Blickfeld zu betrachten, und können sie benennen. Vor allem können wir sie von Zeit zu Zeit einfach ziehen lassen.

Wir wissen nun auch, dass wir keinen Dank von anderen erwarten können, wenn wir uns selbst nicht dankbar sind.

Haben wir einmal verstanden, was Liebe wirklich ist, streben wir danach Liebe, wenn auch nur in winzigen Portionen und Dosen, wenigstens einmal empfinden und geben zu können. Uns wird bewusst, wie oft wir

Liebe mit Egoismus verwechselt haben. Wir werden aufhören, dem anderen für Dinge, die uns stören, die Schuld zuzuweisen. Und wir können die „Fehler" nicht länger im anderen suchen.

Haben wir verstanden, dass unsere Ängste menschlich sind und begreifen wir, woraus sie resultieren, steht die nächste Herausforderung an. Wir können nicht mehr alles so lassen, wie es ist, und uns am Alten - am Gestern - festhalten. Wir lernen wieder, uns selbst zu schätzen und zu lieben. Irgendwann wissen wir, dass wir nur Liebe geben können, wenn wir uns selbst lieben. Wir können unsere Ängste besser verstehen und ihnen gelassener begegnen. Wir erkennen dann auch die Sinnlosigkeit, jemanden lieben zu wollen, der gar nicht lieben will oder kann, weil er sich vielleicht auf einer anderen Bewußtseinsebene befindet, als wir selbst.

Haben wir einmal die erfüllte Sexualität erlebt und wissen, was es bedeutet *Liebe zu machen*, werden wir das Schale in vielen sexuellen Begegnungen erkennen, oder auch die Qualität der Sexualität unserer Beziehungen. Und auch in diesem Fall werden wir uns nicht mehr so leicht *belügen* bzw. verschenken können. Denn nun *wissen* wir, was die Vereinigung zweier Körper an Energie geben kann.

Vielleicht haben wir auch verstanden, was die Verbindung zwischen Yin und Yang ist und welcher Austausch dieser Liebe gerecht werden kann. Wir können wahrnehmen, was mit unseren Sinnen geschieht, wenn wir das Spiel des Flusses zu einer *göttlichen* Erfahrung werden lassen, die alles um uns herum für Momente vergessen lässt, weil wir dem Universum, der Feinmaterie der Energie so nahe sind bzw. richtig *gespielt*, uns mit ihr „verbinden" können und Eins werden. Dann wird uns klar und bewusst, wie wichtig dieser Körperaustausch für uns ist - wie gesund für Geist, Seele und Körper.

Haben wir einmal verstanden, was unsere Weiblichkeit an Fülle bietet, suchen wir unsere Tiefe auf und nehmen dort altes Wissen mit nach oben in unser tägliches Dasein.

Haben wir einmal erkannt, dass Ehrlichkeit am längsten währt, können wir uns hinter Unehrlichkeiten nicht mehr verstecken oder uns daran festhalten. Wenn wir wissen, dass das Dunkel und das Hell immer in gleichen Teilen in uns verborgen ist, lassen wir von Verurteilungen anderer ab. Wir wissen, dass Liebe ehrlich ist bzw. sein sollte, und nichts anderes. Dann wissen wir auch, wann wir ehrlich lieben, und wann wir damit nur unsere Erwartungen, Begehren und unser Ego sättigen möchten. Liebe wird nicht länger als Vorwand, als Mittel zum Zweck missbraucht. Wir durchschauen auch das unehrliche Verhalten anderer schneller, weil wir um die Ehrlichkeit wissen und sensibler geworden sind.

Haben wir das Kommen und Gehen im Lebenskreislauf verstanden, wissen wir, dass Altes sterben muss, damit Neues wachsen kann. Wir lernen, loszulassen und nicht krampfhaft festzuhalten.

Haben wir einmal verstanden, was Kinder, Nachwuchs, neues Leben bedeutet, müssen wir unsere Wünsche an die Nachkommen überdenken. Wir müssen nicht nur erkennen, dass die neue Generation im Morgen lebt, wir müssen dieser Erkenntnis auch in unserem Alltag Taten folgen lassen. Das ist sehr anstrengend, da wir oft der Meinung sind, dass Eltern (Ältere) immer alles besser wissen, weil sie schon erfahren sind. Aber wir werden begreifen müssen, dass jeder sein Leben selbst erfahren muss. Unsere Kinder dabei zu begleiten ist unsere eigentliche Aufgabe als Eltern (*der Bogen*).

Haben wir einmal erkannt, dass es weitaus mehr *Leben* gibt als das Irdische bzw. Formen existieren, die wir mit unserem Auge nicht erfassen können, bedeutet dies auch, dass wir nicht mehr alles *beweisen* müssen. Wir lassen die Menschen glauben, was sie glauben möchten. Und bei jedem Windstoß, der uns leicht streichelt, können wir uns daran erinnern, dass es im Universum noch viel mehr gibt. Wir können toleranter werden und uns bewusster auf die Natur einlassen, sie fühlen, sie schätzen und der Schöpfung Dankbarkeit erweisen. Wir können versuchen mit der Natur, dem Universum, Gott - wie auch immer Sie es bezeichnen möchten - im Einklang zu leben, ohne ihre Existenz durch unsere Augen bestätigt zu bekommen.

Haben wir einmal verstanden, dass die Zeit vor neuen Lebensabschnitten unbehaglich sein kann, wie der Jahreszeitenwechsel, dann können wir auch mit unseren aufkommenden Zweifeln und vielleicht irritierenden Gedanken und Gefühlen umgehen. Wir können uns dann mehr in Gelassenheit üben und werden eher in uns ruhen.

Sie sehen, dass diese Kapitel viele Anregungen bieten, die allerdings viel Arbeit an sich selbst bedeuten, wenn man sie annimmt. Ich betone das, weil ich vermeiden möchte, dass jemand erwartet, man könne mal eben so tolle Resultate erzielen, wenn man sich in die eigenen Tiefen begibt. In die eigenen Tiefen kann man durch Meditation im Stillen gelangen, aber auch durch Meditation im direkten Erlebten.

Die Ehrlichkeit sich selbst gegenüber kann bedeuten, dass das alte Leben plötzlich in Trümmern vor einem liegt. Es wird immer wieder Momente geben, wo man zum Vertrauten und Bewährten zurück möchte. Ich möchte Sie damit auf keinen Fall entmutigen, sich auf die Reise zu sich selbst zu begeben. Aber man muss wissen, dass das Enstehen von Neuem beinhaltet, dass Altes stirbt.

Ich habe im ersten Kapitel beschrieben, wie manche Menschen sich euphorisch einer Religion, z.B. dem Buddhismus, anschließen in der Hoffnung, dann würde alles *besser* werden und sie würden hier die Lösung ihrer Probleme finden. Häufig müssen sie jedoch feststellen, dass man dazu viel Ausdauer und Disziplin benötigt und sich das ersehnte Glücksempfinden nicht sofort einstellt.

Stellen Sie sich vor, Sie ziehen um. Bevor Sie es sich in Ihrem neuen Heim gemütlich machen können, sind Sie meist gezwungen, anstrengende Renovierungs- und

Reinigungsarbeiten zu leisten. Und auch der Umzug später ist oft noch mit Arbeit und Anstrengung verbunden. Was Sie motiviert, weiterzumachen, ist das Wissen, wofür Sie es tun. So ist es auch mit dem inneren *Hausputz*, der *Renovierung* und dem *Umzug*, der in Ihrem Inneren stattfindet. Und wie auch Ihr neues Zuhause regelmäßig geputzt werden muss, so lässt sich dies auch in Ihrem Inneren nicht umgehen. Oft, wenn man denkt, jetzt hat man es geschafft, einen riesigen Sprung gemacht, stößt man wieder an seine Grenzen, an „Altes", was man dachte, los zu sein - wie zum Beispiel die alte Ungeduld, das Ego, die Unachtsamkeit oder illusorische Gedankengänge. So hört die Arbeit an sich selbst niemals auf. Aber genau das ist ja auch das Spannende am Leben.

Unsere Arbeit wird Früchte tragen, und wir werden nicht nur für unsere Mitmenschen erträglicher, sondern lernen, uns mehr auf das Wesentliche zu konzentrieren. Wir lernen Dinge zu ändern, die wir ändern können, und akzeptieren mit mehr Gelassenheit Dinge, die wir nicht ändern können.

Wenn wir mit uns selbst einen Schritt in diese Richtung weiter gekommen sind, haben wir weniger Bedarf nach Streit oder Rechthaberei. Ich bin fest davon überzeugt und der Hoffnung, dass die Arbeit an sich selbst zum Weltfrieden beitragen wird.

Wir werden es kaum noch schaffen, uns selbst zu belügen - das ist nicht immer angenehm. In manchen Momenten bleibt mir nichts anderes übrig, als über mich selbst zu lachen. Lachen hat ja auch etwas Befrei-

endes und löst in unserem Inneren etwas aus. So verhält
es sich generell mit unseren Eigenschaften, Fähigkeiten
und unserer Lebensart.

Aus fernöstlich medizinischer Sicht betrachtet, haben
unsere Eigenschaften, die sich in unserem Verhalten
wiederspiegeln und in unserer Art zu leben, einen
Einfluss auf unsere Seele, welche auch für den
Ausdruck (Zustand) unserer „körperlichen" Gesundheit steht. Ich möchte hier nur kurz erwähnen, dass in
der fernöstlichen Medizin, die sich nicht von ihrer
religiösen Betrachtung und Lebensphilosophie trennt,
der Mensch und seine Gesundheit immer ganzheitlich
betrachtet wird. Man nutzt den *Blick* auf den Menschen
in seiner Gesamtheit, Körper, Geist und Seele, bevor
man eine Diagnose ausspricht.

Der Shintoismus verehrt die Natur und benennt Natur-
phänomene nach *Göttern*. So gibt es den Windgott, die
Sonnengöttin u.a. Hauptbestandteil und Sichtweise
dieser Religion ist, dass der Mensch mit der Natur im
Einklang lebt und die Natur zu schätzen weiß und nicht
unterschätzt.

Der Buddhismus hat seinen Schwerpunkt in der inneren
Entwicklung des Menschen. Auf diese Themen werde
ich im *Geheimes Tagebuch II* ausführlicher eingehen.

Ich hoffe, dass Ihnen *Geheimes Tagebuch* etwas helfen
konnte, zu SICH selbst zu finden.

Wenn diese Zeilen Sie berühren konnten und Sie ein
bisschen mehr Frieden mit sich gefunden haben, dann

wird das sicherlich auch Ihrer Gesundheit dienlich sein. Sollten Sie sogar schon die Realisierung eines Traumes in Angriff genommen haben, dann haben Sie nicht nur sich selbst, sondern auch mir eine Freude bereitet. Und ich danke Ihnen.

Sie werden jetzt vielleicht *leichter*, aber vor allem bewusster durchs Leben gehen. *Achten Sie auf die Fügungen und Begegnungen in Ihrem Leben!*

In Liebe,
M.Kono

Danksagung

Seit meinem Kindesalter trug ich den Wunsch in mir, ein Buch zu schreiben. Wahrscheinlich wusste mein Herz schon damals, was ich am besten kann und auf welchem Gebiet ich vielleicht am meisten zu geben in der Lage sein werde. Trotzdem habe ich diesen Wunsch nie bewusst oder zielstrebig verfolgt. Ich danke somit in erster Linie der Schöpfung, dass ich in der Lage war; gewissen Eingebungen zu folgen und bestimmte Fügungen wahrzunehmen. Ich danke der Schöpfung dafür, dass sie mich hat aus ihr *schöpfen* lassen. Was immer es auch war, und was immer es noch sein wird.

Ich danke meinem Sohn. Denn ohne sein Dasein hätte ich einen Teil der Lehre des Lebens wohl niemals so erfahren, wie ich ihn bis heute erfahren durfte. Du hast Kräfte in mir hervorgeholt, derer ich mir selbst nicht bewusst war.

Ich danke meiner *engelhaften Schwester* Corinna Schnürer. Unsere Freundschaft ist gesegnet. Deinem Glauben in mich ist es auch zu verdanken, dass ich weiter geschrieben habe.

Ich danke meinem Vater.
Lange Zeit warst Du für mich der Held meines Lebens. Ein unbesiegbarer Krieger. Ein wahrer Samurai. Oft so entfernt von mir und doch meiner Seele so nah. Du hast mich immer daran erinnert, woher ich komme und wo meine Wurzeln sind. Dein

Leben hat mir gezeigt, zu was wir fähig sein können. Dein Tod hat mir gezeigt, was wir niemals vergessen oder unbeachtet lassen dürfen. *Dein Ganzes* hat mir Licht und Dunkelheit offenbart. Ich habe nun den *Einklang* begriffen. Mögest Du in Frieden ruhn`.

Lieber Mark, Dein Herz ist löwengroß! Deine Kreativität hat mich inspiriert. Marketing hin oder her, lass` uns weiterhin bei unserer Arbeit beseelt sein. Du hast die Künstlerin in mir wieder emporsteigen lassen. Deine Arbeit hat mich berührt. Deswegen habe ich mein Herz wieder verstanden. Danke mein soulbro.

Wolfgang, was auch immer Deine Aufgabe für mich war und vielleicht noch ist, ich danke Dir aus ganzem Herzen. Ich weiß, Du bist Dir Deiner engelhaften Tat für mich nicht bewusst. Aber ich bitte Dich, meinen Dank anzunehmen. Es war sicher eine göttliche Planung, dass Du vor so vielen Jahren meinem Vater nur ein einziges Mal begegnet bist, um am Tage seines Abschiedes neben mir - seiner Tochter - zu stehen.

Ich danke Thomas Börnchen für seinen Anruf an einem Morgen, der für die Veröffentlichung dieses Erstlings von großer Bedeutung war. Du hast mir einen Funken *zugeworfen*, der sich in helles Licht verwandelte. Ohne Deine Beratung und Dein persönliches Engagement hätte ich diesen Wunsch nicht so schnell realisieren können.

Generell möchte ich allen Menschen danken, die ihre Zeit und Kraft zur Veröffentlichung dieses Buches beigetragen haben. Und ich danke all den Menschen, die mir auf meinem Weg bisher erschienen sind. Ich kann sie leider nicht alle beim Namen nennen. Die Fülle unserer Begegnungen würde ein weiteres Buch füllen. Das bringt mich auf eine neue Buchidee...

Eure Mishi

Nachtrag

Die aktuelle *politische* Situation im Westen (September 2001; Attentat auf das WTC in N.Y. und auf das Pentagon in Washington D.C.) hat mich kurz vor der Veröffentlichung dieses Buches dazu bewegt, hier noch einen Nachtrag zu schreiben.

Beim Schreiben dieses Buches ging es mir in erster Linie darum, weiterzugeben, was ich selbst *geschenkt* bekommen habe. Durch das Leben natürlich.

Wir im Westen haben nun auf sehr konkrete und direkte Weise *Terror* wahrgenommen. Ich habe in diesem Buch versucht, zu beschreiben, dass uns kaum noch Zeit bleibt, andere anzuklagen, wenn wir uns erst einmal unserer persönlichen Entwicklung widmen. Ich habe geschrieben, dass ich davon überzeugt bin, dass wir zu mehr innerem Frieden finden können.

Jeder Krieg, sei es privater oder politischer Natur, entspringt immer dem Wunsch, *„Recht"* zu haben, *„Recht"* zu beweisen und durchsetzen zu wollen. Ich selbst, wie Sie sicher auch, habe meine persönlichen Kriege sowie die einiger Länder und Völker bereits erlebt. Die Frage ist immer, was wir daraus lernen.

Seit ewigen Zeiten, eigentlich seit der Geburt der Menschheit, führen wir Krieg. Überall auf unserem Planeten gibt es täglich Terror.

Wir im Westen haben versucht, mit dem wirtschaftlichen Fortschritt ein ausgefeiltes Sicherheitssystem aufzubauen. Und dabei haben wir vergessen, vielleicht auch ignorieren wollen, dass es jeden Tag Menschen gibt, die die Konsequenzen anderer, vor allem der Regierungen, weltweit ertragen müssen und dadurch in einem alltäglichen Terror leben.

Was ich damit sagen will ist, dass unsere Bemühungen nach Sicherheit dabei häufig nur ins „Äußere" gingen. Denn die innere Sicherheit, ist die im Herzen. Wenn wir im Inneren unseres Herzen Frieden fühlen und friedlich sind, werden wir auch im „Außen" keinen Krieg führen.

Der Anschlag auf die Vereinigten Staaten ist von überaus großer Grausamkeit. Dieser Akt, hat uns „Otto Normalverbraucher" - das Volk - im Westen überrascht. Politisch gesehen hätte er vorausgesagt werden können.

Bei diesem Anschlag starben wie immer unschuldige Menschen, die ihren Tag begonnen hatten, wie jeden anderen Tag in ihrem Leben auch.

So geschieht es täglich. Tausende von Menschen starben und sterben in Palästina, Südafrika, Tibet, Irak, Iran, Afghanistan, China, Irland, Baskenland und in vielen anderen Ländern.

Vielleicht haben wir uns hier im Westen bisher *sicher* gefühlt, weil wir der Meinung sind, wir leben hier in *unserer Welt* - weit weg von den aktuellen Krisenherden. Das ist ein Irrtum, den wir schnellstmöglich einsehen sollten

Wir ALLE leben in EINER Welt.

Wir alle haben denselben Schöpfer. Selbst wenn einige nicht glauben möchten, dass die Menschheit ein- und denselben *Vater* hat, so müssen wir erkennen und begreifen, dass wir alle auf ein- und demselben Planeten leben. Diese Tatsache werden wir niemals ändern können.

Wenn wir Frieden erlangen wollen, dann zuerst in unserem Herzen. Was immer wir in unserem Herzen tragen, wird äußerlich sichtbar sein.

Und wir können versuchen, uns für einen Moment bewusst zu machen und bewusst zu werden, dass diese Art des Terrors seit vielen Jahren und langer Zeit viele unserer Mitmenschen durchmachen.

Hilfreiche Literatur für die ersten Schritte unserer Reise

Khalil Gibran, *Der Prophet, Der Garten des Propheten*
1923. U.S.A.

James Redfield, *Die Prophezeiungen von Celestine*
1994. München.

Christine Li, Ulja Krautwaldt , *Der Weg der Kaiserin*
2000. München.

Janwillem van de Wettering, *Der leere Spiegel*
1972. Amsterdam.

Terry Lynn Taylor, *Warum Engel fliegen können*
1991 Deutsche Erstausgabe. München.

Elke von Oehsen, *Biografie/Lebensgeschichte T.Kono*
sowie *Lebensphilosophie* erhältlich unter www.wadokai.de
2001. Bremen.

Für Fragen und Informationen zum *Geheimes Tagebuch*
erreichen Sie mich unter www.makotoart.com.